文春文庫

耳袋秘帖

南町奉行と首切り床屋

風野真知雄

文藝春秋

耳袋秘帖　南町奉行と首切り床屋●目次

耳袋秘帖

南町奉行と首切り床屋

序章 剃刀商売

一

「聞いたかい、首切り床の話は？」

「もちろんですよ。今日は、どこに行っても、その話でもちきりですから」

「見つかったのは、今朝なんだろう？」

「いや、深川《ふかがわ》のほうは昨夜遅くに見つかったんだそうですよ」

「そうなのか」

「それで、神田《かんだ》でしょ。もう、瓦版が出てましたよ」

「買ったのかい？」

「いやあ、たちまち売り切れです。でも、明日になりゃあ、数え切れねえほど出てるでしょう」

湯舟のなかで、お店者《たなもの》らしい二人が、小声で話している。片方は三十半ば、もう一人は二十代。同じ店かどうかはわからないが、顔見知りらしい。

その二人の話を、南町奉行所の本所《ほんじょ》深川回り同心である椀田《わんだ》豪蔵《ごうぞう》が、目を閉じて聞いていた。

「気味の悪い話だよなあ」

「ええ。しかも、つづけざまですからね」

「まだ、あるかね?」

「二度あることは三度あるって言うじゃないですか」

若いほうは、すこし嬉しそうに言った。

まったく聞きたくもない話である。

椀田はさっきまで、その件について調べを進めていた。

二つの遺体も、嫌になるほど見てきた。

最初に報せが来たのは、すでに明け方近くなってからで、すぐに飛び起き、事件が起きた深川伊沢町《いざわちょう》へ駆けつけた。ここは、油堀西横川《あぶらぼりにしよこかわ》と呼ばれる掘割に面した町で、この近くの一色町《いっしきちょう》には、南町奉行根岸肥前守鎮衛《ねぎしひぜんのかみやすもり》の想い人である深川芸者の力《りき》丸《まる》姐さんが住んでいる。

いま、椀田は根岸直属のようになって動いているので、深川はもっぱら別の定町《じょうまち》回りが担当しているのだが、根岸が力丸を心配して、椀田にもお鉢が回ってきたのかもしれない。

伊沢町の髪結《かみゆ》い床《どこ》の前で、昨夜遅く、やけに野良犬が集まっているというので、番屋の町役人が店を開けてみて、転がっていた首無し遺体を発見したというわけだった。

すぐに、当直の同心たちが駆けつけ、調べを進めたが、それにしても異常な殺しである。首が完全に斬り落とされ、持ち去られている。検死役が言うには、

「刀ですっぱりという傷じゃねえ。何度も切りつけて、ようやく胴体から分けたって傷だな。最初は剃刀《かみそり》、でも骨のところは、包丁か鉈《なた》を使ってるな」

ということだった。

当初は、床屋のあるじが殺されたのかと疑われたが、身体があるじよりずいぶん大柄だというので、客だったのではないかというのが、いまのところの見方である。

当のあるじは見当たらない。すでに夜は明けていたが、あるじ探しを始めたところに、奉行所の中間《ちゅうげん》が飛び込んで来た。

「神田の岩本町《いわもとちょう》でも、床屋で首のない遺体が見つかりました!」

というのである。

ほかの同心たちはここに残して、椀田が中間一人だけを連れ、神田岩本町の現場

へと向かった。

ここもまったく同じだった。

床屋の仕事場に首無し遺体が転がっていた。あたり一面、血の海。天井にまで血が飛んでいた。

首も、床屋のあるじも見当たらない。

「まさか、深川の床屋と、あるじが同じなんてことはないよな」

そう思いたくなるほど状況は酷似していた。

訊けば、こっちの床屋のあるじは藤吉《とうきち》といって、六十くらいだった。深川伊沢町のほうは、金蔵《きんぞう》といって、三十半ばくらいだったというから、やはり別人だろう。

ここでも、最初はあるじの遺体かと疑われたが、あるじのほうは腕に彫り物があったが、遺体にはないので、やはり客だったのだろうということになった。

まずは、どちらの現場も、

床屋のあるじはどこに消えたのか？

首は持ち去ったのか？

そして、殺された二人の男は何者なのか？

これらを明らかにしなければならない。

奉行所の者に、岡《おか》っ引《ぴ》きも動員して、これらの調べに当たること、そして、やって来た与力《よりき》に、同じことが起きるのを避けるため、江戸中の髪結い床に番屋の者が顔を出しておくことを頼み、椀田は現場から奉行所にもどった。

根岸肥前守には、すでに報告も入っていて、一つ、二つ、確認されたことがあっただけで、椀田は今日の仕事を切り上げた。一刻も早く、愛妻の小力《こりき》が待つ家にもどりたかったが、しかし小力はほんの数日前に、

「もしかしたら、ややができたかも」

と、言っていたので、血生臭いまま家に入るのはためらわれた。そこで、八丁堀《はっちょうぼり》に入る手前の本材木町《ほんざいもくちょう》の湯屋で、一っ風呂浴びているところだった。

「床屋ってのがやだよな」

と、年上のほうが言った。

「そうなんですよ」

「考えたら、剃刀なんて物騒なものを、何気なく他人の首に当てたりできるのは床屋だけだろう」

「ええ」

「こっちはまったくの無防備だ」

「寝ちゃってたりしますからね」

「床屋が首に当てた剃刀を、すうっと横に引けば……」

「あ、番頭さん、やめてくださいよ。あたしは、しばらく怖くて、床屋に行けなくなりそうですから」

「そうだよな」

二人の話を聞きながら、椀田は湯のなかで首に手を当てた。ゆっくり手のひらで撫でながら、

——まったくだ。おいらも同じだぜ。

と、思った。いくら頑強な身体と鍛え上げた武術を誇っても、悪意を秘めた床屋には勝てないのだった。

二

翌朝——。

椀田が奉行所に行くと、裏手の根岸の私邸のほうから宮尾《みやお》玄四郎《げんしろう》がやって来て、

「椀田の旦那を手伝うように言われたよ」

と、言った。

「だろうな」

椀田も予想していたことだった。なにせ異様な犯行である。どこか物の怪《け》じみているかもしれない。根岸肥前守が直接動かないわけがない。

「昨夜は、土久呂《どくろ》の旦那も動いていたそうだ」

「やっぱりな」

土久呂凶四郎《きょうしろう》は、正式名称ではないが、夜回り同心と呼ばれている。深川の件では、赤坂《あかさか》のほうを回っていて、間に合わなかったが、昨夜はこの件を担当するよう、根岸から命じられたという。

「これは、昨日のうちに出た瓦版だよ」

宮尾は椀田に、瓦版の束を渡した。数えると十二枚ほどある。

「おいらも来るときに買ってきたよ」

と、二枚を宮尾に渡した。京橋《きょうばし》のたもとと、尾張町《おわりちょう》の角で売っていたものだった。

もちろん、出たのはこれだけではないし、これからしばらく——下手人《げしゅにん》が捕まって、すべて明らかになるまで、無数の瓦版が出回ることだろう。

宮尾から渡されたほうにもざっと目を通すと、椀田が知らないこともずいぶん書いてある。ただ、瓦版屋というのは、同心顔負けなくらい訊き込みのうまいやつもいれば、ろくに調べもしないで与太話《よたばなし》を書くやつまで、ピンからキリまでなのだ。どれが本当か嘘か、そのうちわかるだろう。

「どっちから行く？」

宮尾が訊いた。

「深川だな」

奉行所を出て、深川に向かう。

「小力ちゃんは知ってたかい？」

歩きながら、宮尾は訊いた。

「どうかな」

椀田はふだん、関わっている事件のことをけっこう話したりする。小力もそれを楽しみにしているふしがある。だが、さすがにいま、この事件のことは、話す気はしなかった。小力のほうも、知っていて、口に出す気にはなれないのかもしれない。

「それより、土久呂はなにか摑《つか》んだのかな？」

椀田が訊いた。

「大きな手がかりは摑めなかったみたいだな。ただ、どちらの床屋も、早めに『本日終了』の札が下げられて、最後は客一人だけになっていたらしい」

「なるほど」

「どっちの床屋も、腕はよかったから、本物の床屋のはずだと。神田岩本町の藤吉は、白髪頭の六十くらい。深川伊沢町の金蔵は三十半ばだよな。まあ、どっちも本当の名かどうかはわからんよね。ただ、いろいろ聞き込んだ土久呂の旦那の勘だと、もしかしたら親子かもしれないとは言ってたよ」

「ほう」

　土久呂の勘なら無視はできない。

「伊沢町も岩本町も、店を出したのは、ふた月前。どちらも、初めての客は、代金無用ということで客を増やしたんだそうだ」

「殺しの準備をしていたのかもな」

「わたしもそう思うんだ」

　道々、髪結い床があると、のぞいてみた。

　客はほとんどいない。あるじは手持ち無沙汰に、やたらと剃刀を研いでいたりする。どこか苛々しているふうである。

　この分だと、しばらくは江戸中に、月代《さかやき》をだらしなく伸ばした男たちがあふれかえることだろう。

　深川に来て、伊沢町に近づくと、人だかりが見えてきた。

　見覚えのある瓦版屋もずいぶん来ている。

「椀田の旦那」

　そのうちの一人が声をかけてきた。

「なんだよ」

「首が一つ、見つかったんですって？」

カマをかけているのだ。こいつらの得意技である。

「見つかったけど、女の首だったよ」

「ご冗談を」

瓦版屋はへらへらと笑った。こいつらは、売れる事件が起きると嬉しくてしょうがないのだ。酒臭いのがその証拠で、昨夜は仲間うちで猟奇《りょうき》事件を祝って飲み明かしたに違いない。

店のなかに入った。

「椀田さん……」

見習い同心が緊張した顔で、椀田と宮尾に頭を下げた。顔色が悪い。裏で何度か吐いてきたのだろう。

遺体はまだ、そのままになっている。昨日は人間のように見えていたが、今日はほかの生きものの姿みたいに感じられる。

その遺体を見下ろしながら、

「なんだか、おいらは二つの首は見つからねえ気がするな」

椀田がそう言うと、宮尾はうなずいて言った。

「御前さまもそうおっしゃっていたよ」

第一章　ろくろっ首が今晩は

一

女岡っ引きのしめと、その手下である雨傘屋《あまがさや》こと英次《えいじ》の二人が、永代橋《えいたいばし》を深川のほうから渡って来た。

「疲れたね」

「ええ」

例の首切り床屋の件で、もう五日ほど、しめたちは殺された男の身元を捜す手伝いをしている。深川界隈《かいわい》で、この二、三日、姿を見せない男を捜しているのだが、そんなやつはいっぱいいて、どうせ単に商いで出かけていたり、悪所だの女のところだのに居つづけているに過ぎないのだから、絞り込めるまでは、まだまだ日にちが要るだろう。永代橋のたもとにたむろしていた浮浪者が二人いなくなったという話は気になったが、浮浪者などは居場所を転々とするだろうから、探すのはまず無理である。

「そこらで休もうか」

しめは、橋のたもとに出ていた水茶屋を指差した。

「いいですねえ」

しめと動いていていいことは、休憩が多いところである。怠惰なわけではないが、こまめに休憩は取る。しめ曰く、

「そのほうが、仕事ははかどるんだよ」

だそうである。

腰をかけ、茶と甘いものを頼み、しめはぼんやり新堀《しんぼり》沿いの桜並木を見た。桜の葉は、ほかの樹々より一足早く、うっすら色づいてきている。つまり、秋の気配がちらほら現れてきたのだ。

親子連れが永代橋のほうから来て、新堀に架かる豊海橋《とよみばし》を渡りながら、

「ほら。早く歩かないと、ろくろっ首が出てくるよ！」

と、ぐずぐずしている子どもに、母親が声をかけた。

すると、その声に反応して、

「出たんだよね、ろくろっ首が」

そう言ったのは、水茶屋の奥に腰かけていた三十くらいの女である。いや、若づくりだが、四十は越えているかもしれない。

「そうなの。いつ？」

連れの、こちらは確実に四十は越えている女が訊いた。

「一昨日の晩かな。ここらじゃ噂になってるの」

「そうなの。やあねえ、こんなとき、ろくろっ首なんて」

「なんか、床屋の件を思い出しちゃうよね」

この話に、しめは振り向いて、

「ほんとかい、その話？」

と、声をかけた。

「あたしもじっさい見たわけじゃないんだけど、何人もそんなこと言ってるから」

「ろくろっ首って、ほんとにいるんだ？」

しめは半信半疑である。

「そりゃいるでしょ」

若づくりの女は、地面を掘ればミミズがいるみたいな調子で言った。

「ろくろっ首は、どれくらい伸びたの？」

「なんでも、下を歩いていた女の首が、すうっと伸びて、二階の窓からのぞいたんだって」

「へえ」

「そりゃあ、腰も抜かすわよね」

若づくりの女は、連れのほうを見て言った。

「知らない女だったの？」

しめはさらに訊いた。

「ううん。知ってる女だったんだって」

「そうなの」

「しかも、一度だけじゃなかったみたいよ」

「ねえねえ、もっと教えて」

しめが迫ると、

「だって、あたしもくわしくは知らないもの。それにあたしら、忙しいし」

と、面倒臭そうに立ち上がって、二人はいなくなった。

女たちを見送って、

「首ってのがやだね」

しめは雨傘屋の英次に言った。

「こういうときですからね」

「まさか、床屋で殺された首と関わりはないよね」

「ろくろっ首は関係ないでしょう。でも、さっきの女たちも、床屋の話があるからなおさら怖いみたいに言ってましたね」

「となると、ほっとけないよね」

世間を無駄に騒がす者は、町方の取り締まりの対象である。

二

霊岸島《れいがんじま》のなかほどにある塩町《しおちょう》の番屋に顔を出して、ろくろっ首のことを訊くと、番太郎は急に怯えた顔になって、

「出たって言ってる者はいますね」

「どこに出たの？」

「どうも新川筋《しんかわすじ》のあたりみたいです。あっしも、それ以上のことは知りません。というか、聞きたくもなかったですし」

三角のかたちをした霊岸島は、横に二本の堀が走っていて、一つが新堀、もう一つが酒問屋の並ぶことで知られる新川である。

それで、新川筋に行って、店の前にいた手代《てだい》数人に訊ねると、

「さあ」

「あたしは聞いてませんね」

と、とぼけられる。どうも、知ってはいるが、言いたくないらしい。ここは大店《おおだな》が軒を並べていて、お互い付き合いもあり、金持ち同士、余計な噂は慎みましょうという暗黙の了解があるらしい。しめが得意な、おしゃべり好きの町のおばちゃんは、ここらでは見当たらない。

そこで、使いからもどって来たらしい小僧を捕まえて、

「ねえねえ、小僧さん。飴あげようか」

「え?」

「うまい飴だよ。ほら」

と、自分でも一つ、舐《な》めてみせる。

「じゃあ、一つください」

小僧はそう言って、手渡された飴を口に入れ、

「とてもおいしいです」

精進料理の感想でも述べるみたいに言った。小僧から手代ではなく、学者の道にでも進みそうな、賢そうな顔をしている。

「ちょっと聞きたいんだけどさ。ここらにろくろっ首が出たんだってね」

「ああ」

「どこに出たの？」

小僧は言ってもいいか、少し迷ったみたいだが、

「うちの隣の、〈品川屋《しながわや》〉の旦那が見たという噂ですね」

こまっしゃくれた口ぶりで言った。

「品川屋っていうと、酒問屋じゃないよね」

「ええ。あの店です」

と、指を差し、

「海産物を扱っているんです。料亭などに評判のいい店ですよ」

間口は十間（約一八・二メートル）ほどある、けっこうな大店である。

「あんたも見た？」

「おいらは見てません。でも、うちの女中頭のおはつさんは、ちらっと見たとは言ってましたけど」

「へえ。そのろくろっ首てえのは、空を飛んで来たのかい？」

しめは、そんな絵を見たことがある。首が伸びて、紐みたいになっていた。

「いいえ、そんなには伸びてないみたいですよ。窓の下にいたのが、するするっと首だけ伸びて、二階をのぞいたそうです」

「へえ」

「旦那が来てくれないから、待ちくたびれて、首が伸びるようになったって、ろくろっ首がそう言ったという話です」

「旦那が来てくれない？」

「お妾という人だそうです」

賢くても、お妾の意味はまだよくわかっていないらしい。

「そうなの」

「なんでも、小網町《こあみちょう》のほうに旦那が囲ってるらしいって、うちの店の、女中頭のおはつさんは言ってました」

おはつも小僧に余計な話をしたものである。

「その、おはつさんの話を聞けないかね。あそこの甘味屋にいるからって」

小僧は「いちおう伝えてみますが」と言って、店にもどって行った。

豊海橋に近い甘味屋に入ると、さほど待たずに、おはつがやって来た。たすきがけなので、掃除の途中で出て来たのか。歳は三十半ばくらい。背が高く、どうしてできたのか、額の右側に刀傷みたいなものがある。若い女中から、毎度、おやつの半分くらいを脅し取っているような雰囲気がある。

「ろくろっ首のことですってね？」

開口一番、おはつは嬉しそうに言った。番頭や手代たちというのは、出世に響くから口は堅いが、たいがいの女中にそんな禁忌はない。面白い話は、世間にあまねく知らしめたいのだ。

しめは、お汁粉を勧めながら、

「ほんとに出たの？」

と、訊いた。

おはつはお汁粉が出てくるのを待ってから、

「出たんですよ。はっきり見たのは、うちの隣の品川屋の旦那です。というか、あの旦那のところに出たんです。夜中に二階の障子に女の影が映ったから、あれ？と思って障子戸を開けると、目の前に顔。首がすうっと下から伸びていたんだそうです。女は、『旦那、今晩は』って」

うまそうにお汁粉をすすりながら話した。

「今晩はって言ったのかい」

「ええ。それから『旦那が来るのを首を長くして待ってるうちに、こんなになっちゃって』と言ったんですってよ。旦那は、悲鳴こそ上げませんでしたが、びっくりして腰を抜かしたそうです」

「その話、旦那から聞いたのかい？」

まるで、直接そこにいたような話である。

「いいえ。旦那が番頭さんに話していたのを、あたしと仲のいい女中のおさきちゃんが盗み聞きして、それを又聞きしたんです」

おさきは、おはつのほか七人くらいに話し、おはつもまた八人くらいに話して、今日中には霊岸島全域に広がったのだろう。

「あんたも見たんだろ？」

「あたしはチラッと後ろ姿だけですけどね。ちょうど、夕飯の片付けをしてるとき、窓の外からひぇっと悲鳴みたいな声が聞こえたんです。窓から見てもなにもなくて、それから外に出て、通りの両脇を見ると、向こうの道を、首を伸ばしたまま、ふらふら歩いて行ったんです。怖かったですよ」

おはつは、肩をすくめながら、小網町へ向かうほうを指差した。

「あのへんだね」

「ええ。向こうに出てた夜鳴きそば屋も、遠目からだけど見たそうです」

「お妾なんだってね？」

「そうなんですよ。いままであの旦那は、そういうのは持たなかったらしいんですが、四十五になったんですかね、そういうのを持ちたくなったんでしょうね。四十過ぎるとかかる旦那病でしょう。妾の名前はおかねといいましてね。いかにも金のためならなんでもしそうな名前でしょ。たいして美人でもないんですが、旦那はべ夕惚れで、ずいぶん口説いたそうですよ」

「ろくろっ首とは知らなかったんだ？」

「そりゃそうでしょ。知ってて妾にする男は、海坊主くらいですよ」

おはつは笑って言った。

「じゃあ、旦那もがっかりだ」

「ええ。たぶんお手当は、年に二十両。ほかに支度金が十両」

「それもおさきから聞いたの？」

「その話は、以前、あの旦那に口説かれた女から聞いたんです。それがあの旦那が出せるぎりぎりの額みたいですよ」

「そうなんだ」

「旦那はすっかりしょげてますよ。ところで、なんでそんなことを？　もしかして、瓦版屋？　あたしが言ったなんて書かないでよ」

「書かないよ」

おはつはお汁粉をきれいに平らげると、速足で店にもどって行った。

おはつを見送って、

「小便だね」

と、しめは雨傘屋に言った。

「小便?」

「ほら。妾が最初のお床入りのとき、わざと寝小便をして、旦那をがっかりさせるのさ。旦那は、こんな寝小便たれじゃとても抱えきれないと、契約は無しにするわな。でも、妾のほうは、最初に戴いた一年分のお手当は返さない」

「なるほど。一晩で一年分を稼いだわけですね」

「ろくろっ首も、新手《あらて》の寝小便に決まってるよ。てことは、なんか仕掛けがあるんだ。まったくこんなときに質《たち》の悪いことしやがって。証拠を握って、懲らしめてやろうじゃないのさ!」

と、しめはいきり立ち、

「あんた、仕掛けを見破れるかい?」

「ろくろっ首は、以前、見世物で見たことがありますよ」

「そうなの」

「仕掛けはかんたんでした。座っていた女の首が、まっすぐ上に五尺(約一・五メートル)ほど伸びるんですが、首から下は人形なんです。それで、後ろは暗幕になっていて、真ん中に切れ目がある。女はその切れ目から首を出していて、すうっと立ち上がるんですが、首のところは蛇腹みたいに伸びるから、ほんとに伸びたみたいに見えるわけです」

「なあんだ」

「でも、暗くしてあるし、急に叫び声がしたりして、客はびっくりするから、本物に見えちまうんですね」

「じゃあ、おかねもそれだ」

しめは手を叩いて言った。

「いやあ、その手は使えないでしょう」

「なんで？」

「小屋じゃないですよ。往来で出たんでしょ。暗幕なんか張れないでしょう」

「そうか」

「でも、なんとか見破ってみせます」

三

まずは、二人でろくろっ首のおかね本人を見に行くことにした。陽は落ちかけて、町に明かりが灯り始めている。

小網町の番屋で、おかねというお妾のことを訊くと、三丁目の武具屋《ぶぐや》のわきを入ったところにある小さい一軒家に住んでいるのがそうじゃないかと言った。さりげなく訊くと、こっちではまだ、ろくろっ首の噂は流れていないらしい。結局、噂が流れていなそうでいちばん流れているのは、新川筋だったりするのだ。

武具屋のわきを入ると、長屋が並ぶ一角になっていて、一軒家らしいものは見当たらない。

「どれだい？」

何度か行ったり来たりするうち、

「あ、これ、長屋じゃなかったんだ」

雨傘屋が指差して、

「あんまり小さいから、てっきり長屋のつづきかと思ってしまいましたよ」

あと一回り小さかったら、物置き小屋に間違えそうなほどで、やけに四角い造りになっている。一階に台所があるなら座敷は三畳だけ、上は四畳半一間、それくらいの家である。

なかで明かりが灯っているので、当人はいるらしい。

なんとか顔を見たいと思っていると、ガタリと戸が開いて、女が現われた。湯桶を持っているので、近所の湯屋に行くところらしい。

「おっとっと。もどって、もどって」

しめと雨傘屋は路地を引き返し、表通りに出たところで、さりげなく女の顔を見た。

前から見て、横顔も見て、後ろ姿を見送って、

「なるほどね」

と、しめは言った。

「あっしも見ました」

「おはつが言ってたように、それほど美人じゃないね」

「そうですかね」

丸顔で、目は切れ長というより、ぱっちりしている。美人というより、可愛いと言ったほうがしっくりする。

「ろくろっ首よりも、狸の化け物のほうが似合いそうだよね」

「あっはっは。しめ親分もけっこう辛辣ですね。でも、むっちりして、男好きのしそうな女ですよ」

「あら。あたしだって、むっちりしてるって言われるけどね」

「親分は、むっちりというよりは……」

「あんた、ぶよぶよって言ったらぶっ叩くよ」

「はい」

「女の顔を見ただけで、仕掛けはわかるかい？」

「いや。もういっぺん、品川屋を見に行きたいですね。ろくろっ首が出たというところを見てみたいんです」

「わかった」

二人は、新川筋に引き返した。

すでに暮れ六つ（午後六時）どきで、品川屋は早々と店じまいしていた。だが、表戸の隙間や二階からは、明かりが洩れている。

「旦那の部屋はどこですかね」

「待ってな。おはつに訊いてくるから」

しめは、まだ店を開けている隣の酒問屋の裏手に回ると、まもなくもどって来て、

「二階のこっちの角部屋だってさ。表側の窓のほうに出たそうだよ」

「ははあ」

雨傘屋は、その窓の下に立ち、高さを確かめたり、路地の幅を歩数で測ったり、両側の道を眺めたりしていたが、

「もういっぺん、おかねの家に行きます」

と、言った。

「あいよ」

こうなると、あとは雨傘屋まかせである。しめは、黙ってついて行く。

まだ武具屋が開いていたので、

「親分。おかねのことを訊いてください。武具屋とか、苦手なんですよ」

雨傘屋が頼んだ。

武具屋は〈忠臣蔵《ちゅうしんぐら》〉という看板を掲げていて、あるじが店頭で短刀を磨いている。

「まかしとき」

しめはうなずき、武具屋に入るとすぐ、あるじに十手《じって》を見せ、ぶらぶらさせながら、

「この路地を入ったところの小さい一軒家に、おかねって女が一人暮らししてるよね？」

と、訊いた。

「あ、はい」

あるじは、まるで盗品でも見つかったみたいに、慌てて短刀を鞘《さや》にしまった。

「女中はいないの？」

「いないみたいですね。朝晩の飯もいちおう自分でつくってるみたいですよ。妾のわりには感心です。あたしも、ああいう女なら、一人くらい面倒みたいもんですよ。ま、儲かったらの話ですが」

「前はなにしてたんだろうね？」

「そっちの飲み屋にいたんですよ。あたしもよく行くんですがね。ほがらかで客にも人気がある娘で、まさか妾になるとは思わなかったですね」

「そうなの」

「自分で店をやればよかったんですよ」

そのつもりで、いま必死で旦那に小便をかけているのだろう。

「変な噂、聞いてない？」

「変な噂？」

「おかねは、ろくろっ首だとか」

「そんな馬鹿な」

あるじはせせら笑った。やっぱり、噂は新川筋だけなのだ。

「でも、別の噂はありますよ」

「なに？」

「旦那とは別にこれがいるって」

武具屋のあるじは、両手をぱたぱたさせた。

「なんだい、それは？」

「若いツバメ」

「やっぱり」

「飲み屋の客の話だと、どこだかの小屋で軽業師《かるわざし》をしてるって」

「軽業師！」

「なんでも、おかねちゃんもその小屋にしばらくいたんだとか」

「そうなのかい」

しめは武具屋の外に出て、おかねの家を見ていた雨傘屋に、いまの話を伝えると、

「なんだ、身が軽いのか」

と、手を叩いた。

四

翌朝――。

雨傘屋は、自分で描いたらしい絵図面を持って、しめのところに来ると、

「親分。仕掛けはおそらくこんな感じですよ」

と、自慢げに言った。

「どれどれ」

下に男がいて、梯子《はしご》を背中のほうで抱えている。女が梯子の上に乗って、首を突き出すようにしている。その首から、下の男の首のところまでは、つくりものの首がつながっている。

「やっぱり、暗幕は使うんです。この梯子のところに。それで、梯子やおかねの身体、それと若いツバメの顔を隠しているんですよ」

「ははあ」

家の二階では、旦那がひっくり返っている。吹き出しも描かれ、旦那は「ひぇぇ〜」と言っているさまが笑える。

「夜だからやれるんですがね」

「おはつは、首が伸びたまま、遠ざかって行くのを見たと言ってたよね」

「それはつくりものでしょう。若いツバメは、梯子を持って、反対方向にでも逃げたんですよ」

「そういうことだね」

しめも納得し、

「さて、仕掛けがわかったからにはどうしよう？」

と、雨傘屋に訊いた。

「うっちゃっててもいいんでしょうが、こういうときですし、あまり首がらみの変な噂は立たせないほうがいいかもしれませんよね」

「おかねを叱るか？」

「それよりも先に、品川屋に教えてやったほうがいいかもしれませんね。あたしとしては、おかねはたぶん、必死に生きてるんだと思うので」

「甘いねえ。ま、いいか」

　さっそく品川屋にやって来た。

　手代に名乗ると、店の裏手の座敷に通された。丁寧な扱いをされると、二人とも逆に緊張してしまう。

　旦那が現われて、

「品川屋松右衛門《まつえもん》でございます。南町奉行所では、与力の益田五兵衛《ますだごへえ》さまにお世話になってます」

「さようで」

　深々と頭を下げた。

　いきなりほとんど知らない与力の名を出された。あんたのような使い走りにとやかく言われたくないという脅しみたいなものだろう。

　おはつから、松右衛門の歳は四十五と聞いていたが、もっと若く見える。三十七、八といっても通るのではないか。眉がちょっと下がって愛嬌になっているが、なかなかの好男子である。

「じつは嫌なことを伝えることになるかもしれません」

と、しめは切り出した。

「なんでしょう?」

「お妾のおかねさんのことなんです」

「おかねの……」

ハッとしたようにしめを見た。

「ろくろっ首だったんでしょ?」

「誰に、そのことを?」

松右衛門は声を低めて訊いた。

「けっこう噂になってますから」

「なんてことだ」

「でもね、旦那は騙されてますよ」

「騙されてる?」

「おかねは、ろくろっ首なんかじゃありません。よくある寝小便の類《たぐ》いです」

「寝小便?」

「つまり、ろくろっ首だったと旦那を驚かし、がっかりさせたうえで契約を解消させ、もらったばかりの支度金と一年分のお手当二十両は、そのまま返さずに懐に入れようというわけなんですよ」

「あんたたち、なにを言ってるんだ？」

松右衛門は呆れたように言った。

「説明しておやり」

しめは雨傘屋を見て言った。

雨傘屋は、あの絵図面を開いて、仕掛けを説明した。

松右衛門は黙ってそれを聞いた。

説明が終わると、

「こんな仕掛けに騙されたんですよ、旦那は。おそらく例の首切り床屋のことがあったから、思いついたんでしょう。いまだと怖さもひとしおですからね」

と、しめは言った。

「なにを馬鹿なことを言ってるんだ」

松右衛門は憮然として言った。

「え？」

「それは、あんたたち、見てないから、こんな仕掛けを考えたんだ。あたしは、この目ではっきり見たんだよ。目と鼻の先だ。窓のそばには行灯《あんどん》があったから、細かいところまでよおく見えてたよ。こんな、梯子と暗幕なんか使った子どもだましみたいな仕掛けなら、あたしだって見破ったよ」

「そうなので……」

「顔が目の前にあって、右に左にくねくねと動いたんだ。こんなふうに」

松右衛門は手をくねくねさせた。

「それは……」

「張りぼての首と、ほんとに伸びた首では、肌の感じだって違うだろうが」

「そりゃ、まあ」

「それから、首をふらふらさせながら、帰って行ったんだ。後ろ姿も見た。背中に梯子だって? 冗談言っちゃいけません」

「……」

部屋に重い沈黙が居座っている。

しめはようやく、

「でも、本物だったら、なおさら妾にはしておかないですよね?」

と、かすれた声で訊いた。これは、本物のろくろっ首の寝小便かもしれない。

「ろくろっ首のなにが悪い?」

「ええっ?」

話は予想もしていないことになっている。

「契約解除なんかしたら、おかねが可哀そうだろうが」

「可哀そう？」

「あんたは、惚れた男に欠点が見つかったからって、かんたんに捨てるのか？」

「欠点と言ったって……」

そんじょそこらにある欠点ではないだろうに。

「あたしには、そんな酷い仕打ちはできないね」

「……」

「そんなことより、どうしたらろくろっ首を治してやれるのか、それで悩んでるんだ」

「治るんですか？」

そんな話は聞いたことがない。

「それはわからないさ。しかも、あたしは支度金なんかあげてないよ」

「そうなので？」

「お手当が年に二十両だって？　あたしはそんなに出せないよ。月に一両二分。それも毎月、直接持って行くことにしてるんだ」

「……」

それでは、寝小便などたれても、別に得することはない。

松右衛門は、忙しそうに立ち上がって言った。

「あんたたちの思い違いだ。さ、帰ってもらおう。与力の益田さまには、あたしのほうからはなにも言わないでおくよ。十手を取り上げられたら可哀そうだからね」

しめは表通りに出て来ても、しばらく声もない。

呆然としながら歩き、大川端まで来て、立ち止まって言った。

「いるんだね、ろくろっ首は」

「うーん」

雨傘屋も頭を抱えている。あそこまで言われたら、自分の考えた仕掛けが、本当にくだらないものに思えてしまう。

「それに、男ってのはよくよく馬鹿なんだね。ろくろっ首でも我慢しちゃうんだ」

「ベタ惚れなんでしょうね」

「まいったね」

「ええ」

「今日は、深川で床屋の調べをして、明日の朝にでも、いちおう、根岸さまには報告しとこうか」

「そうですね」

まさか、こんなことになるとは予想していなかった。

五

翌朝――。

根岸肥前守は、朝起きて、一人、膳の前に座った。女中の給仕はない。根岸がそうするように言ってあるのだ。

今朝の飯は、アジの干物、納豆、松平定信《まつだいらさだのぶ》からのもらいものであるイカと人参の醬油漬け、それとワカメの味噌汁に玄米飯である。玄米飯は、やや硬めに炊いてもらっている。そのほうが、自然とよく嚙むからで、よく嚙むことはたぶん頭の血のめぐりにもいいはずだった。

そこへ、土久呂凶四郎がもどって来たので、

「土久呂。朝飯の相手だ」

「はい」

「なにか、めぼしい話はなかったか？」

「生憎《あいにく》と」

じつは、相棒の源次《げんじ》とともに一晩中、駆けずり回ったのである。三田台町《みただいまち》の坂にあるお地蔵さまの前に、生首みたいな包みが二つ、並んで置かれてあったという話を聞き込んだため、それを追いかけた。さんざん訊き込みをつづけたあげく、正体

はわかった。麻布《あざぶ》の農家の婆さんが、早生《わせ》のかぼちゃが穫れたので、いつも拝んでいるお地蔵さんにお供えとして置いていった。それを見つけた近所の八百屋の小僧が、これは売れると思って、店に持ち帰ってしまった。ただ、それだけのことなので、根岸にはなにも言わなかった。

そこへ、かんたんな打ち合わせのため、宮尾と椀田が顔を出し、そのあとでしめと雨傘屋が来て、ろくろっ首の一件を話した。

引き上げるはずの土久呂や宮尾、椀田まで、しめの話が面白いので、ついつい最後まで聞いてしまった。

「それはご苦労だったな」

と、根岸は笑った。

「でも、御前、ろくろっ首というのも、おかしな化け物ですよね。なんで首が伸びるんです？　舌だけが伸びてもいいし、耳だけでも目玉だけでもいい。首なんか伸びたら、目立つだけでしょうよ」

と、宮尾がうがったことを言った。

「目立たなきゃ、化け物扱いはされないだろうな」

「つまりは、怖がらせるための、作り物ってことですよね」

「まあな」

根岸はうなずいた。

しめは、首をかしげながら聞いている。

「それにしちゃあ、方々で見たという話を訊きますよね」

と、土久呂が言った。

「うむ。似た化け物に、唐土《もろこし》の飛頭蛮《ひとうばん》という妖怪がいてな。ただ、それは空を飛ぶが、胴体から離れているので、首が伸びるわけではない」

「なるほど」

「そういえば、似たような伝説なら、平将門《たいらのまさかど》の首が飛んだ話があるわな」

「あ、江戸まで飛んできたやつですね。将門塚のところに」

「うむ。そういう話と重ね合わせると、わしはやはり、さらし首の怖さとどこかでつながって、ろくろっ首という妖怪がつくられたのではないかと思うがな」

根岸はそう言って、しめを見た。

やはり、根岸はろくろっ首を信じていないらしいのだ。

「そういえば、御前は『耳袋《みみぶくろ》』にも、ろくろっ首の話をお書きでしたね」

宮尾が言った。

「ああ、書いた、書いた」

根岸は忘れていたらしい。

根岸が『耳袋』に記したろくろっ首の話は、こういうものである。

宝暦《ほうれき》のころ――。

神田佐柄木町《さえきちょう》の裏店《うらだな》に、乏しい元手で貸本業を営んでいた者が不思議な幸いを得たという話である。

そのころ、遠州《えんしゅう》気賀《けが》のあたりに有徳なる百姓がいた。田地も六十石余を所持し、男女の下僕も何人も使っていた。ここに一人の娘がいて、器量も素晴らしい。それなのに、十六になって、方々へ婿の相談をしたが、まったくまとまらない。父母もなげき、こうなれば家格や財産も持たないような家でもいいと、さんざん苦労したが、それでもなぜかまとまらない。

そのわけであるが――。

じつは、この娘はろくろっ首だという噂があり、周囲の村一帯に広まっていた。

そんなことは父母も知らずにいたが初めてその噂のことを聞き、

「お前、本当なのか？」

と、娘に訊ねると、

「自分ではろくろっ首だとは思わないが、ただ、ときおり遠くの山川を見回る夢を見ることがあり、そんなときは首が抜けているのかもしれません」

そう言うのだった。

だが、娘の首が飛んでいるところなど、誰も見た者はいないのだ。

しかし、いったん広まった噂はおさまらず、せっかく裕福な家なのに、当代で絶えるしかないのかと父母も落胆していた。

そんなおり、ここの伯父が江戸へ毎年、商いに行っていて、それなら江戸で婿の当てを探してみようということになった。

だが、江戸からわざわざ遠州の田舎に養子に行くという者ですらなかなかいなかった。

そんなとき、たまたま宿に顔を出した貸本屋は、年ごろもぴったりで、駄目で元々と声をかけてみると、

「ああ、それはありがたいお話ですが、うちは親族が皆、貧しくて、養子に行くのになんの支度もできないので、とても無理ですね」

と、言うではないか。

「いや、支度などはこっちでなんとかするさ。それよりも、その娘なんだが、器量は文句なしだが、難点がある。じつはな……」

伯父はいったん間を置き、

「娘には、ろくろっ首ではないかという噂があるのだ」

当然、及び腰になるかと予想していたが、あにはからんや、

「ろくろっ首？ そんなのはかまいませんよ」

軽く言うではないか。

「それはいい。では、ぜひ、うちの田舎に一緒に来てくれ」

と、話はかんたんにまとまりかけたが、

「ただ、いちおう親族に挨拶してからにさせてください」

と、若者が言うので、いったんは別れた。

だが、貸本屋の若者は、家に帰って改めて考えると、いろいろ迷いが生じてきた。

そこで、かねてから懇意にしていた古着屋で〈森伊勢屋《もりいせや》〉の番頭に相談すると、

「そんなのは悩むことはない。ろくろっ首などいるわけはないし、たとえそうであっても、なにも恐れることはない。一生、貸本屋などして世を送るより、ずっといい暮らしができるではないか」

そう言ってくれた。

これで貸本屋の若者も決心がついた。

それですぐに娘の伯父のところにもどり、支度も整えてもらって、遠州へ向かった。

両親は、婿を連れて来たのには喜んだが、

「ろくろっ首でもいいのかい？」

と、あらためて訊いた。

「ええ、そんなことは気にしません」

こうして、夫婦としての暮らしが始まったが、いざ日々を共にしても、ろくろっ首らしきことなどまるで起こらず、幸せな暮らしが過ぎていった。

さて、気になるのは、江戸になかなか報告に行けないことだった。その機会が訪れたのは、十年もしてからで、元貸本屋は、

「いまは男女の子どももできて幸せにしています」

と、森伊勢屋の番頭へも報告できたのだった。

「つまり、その貸本屋は、たとえろくろっ首だとしても、別にどうということはないという度胸の良さのおかげで幸運を摑んだわけですね」

と、宮尾は言った。

「そういうことだな」

そこへしめが、

「でも、お奉行さま。品川屋のあるじは、妾は本物のろくろっ首だと言い張るんですよ。そのお話とはまったく違いますすね」

と、口を挟んだ。

「違うかな」

と、根岸は言った。

「違いますよ」

「しめさん。その話にはまだ裏があるんだよ」

「裏ですか?」

「うむ。品川屋の商売や、あるじのこと、家族のこと、さらにおかねのことをもう少し突っ込んでみるといい」

根岸はそう言って、忙しそうに奉行所のほうへ向かった。

六

しめと雨傘屋は、小網町のおかねの家のあたりにやって来た。

「本当なら、首切り床屋のほうの調べを進めるべきなのに、余計な話を聞き込んでしまったね」

しめが後悔しているというふうに言った。

「だが、お奉行さまが突っ込んで探れとおっしゃったのですから」

「そうなんだけどね」

遠くから、おかねの家を眺めている。おかねは、二階の窓に蒲団を干しているところだった。姉さんかぶりをして、いかにも甲斐甲斐しく、まるで妾らしくないし、夜中に首が伸びるようにも見えない。

するとそこへ、

「しめ親分」

と、後ろから声がかかった。

しめは振り向き、

「なんだ、あんた、おそでじゃないの」

家の窓から顔を出していた娘を見て言った。

おそでは、ついこのあいだまで、しめの近所に住んでいたのである。しめの倅《せがれ》がやっている筆屋に、何度か筆を買いに来たこともある。歳は二十七、八というところか。多少、莫連《ばくれん》ぽいが、ざっくばらんで、話し好きで、眉をひそめるおかみさんたちもいたが、しめは嫌いではなかった。

「急にいなくなったと思ったら、こんなとこに越して来てたの？」

「ここは、あたしの実家なんですよ。じつは、継母と折り合いが悪くて、十年も前に飛び出していたんだけど、おとっつぁんが中風で倒れて、そしたら継母は世話をするのが嫌だから逃げちまって、しょうがなくて、あたしがここに来て、世話してるってわけ」

「そうなの」

「親分はなにしてるの？　雨傘屋もいっしょということは、捕り物？」

「うん。ちょっとね。入ってもいいかい？」

「いいですよ。ちらかってますけどね」

表へ回ってなかに入った。右手の部屋に床が敷いてあって、父親はその上にあぐらをかいて座っていた。ぼんやりした顔で、茶だか白湯だかをすすっている。寝たきりというほどではないらしい。

おそでの部屋に入ると、一面、枕絵が散らばっている。雨傘屋は、おそでの仕事を知らなかったらしく、目を瞠《みは》った。

「あいかわらず、これ、やってんだ？」

墨一色で摺られた枕絵に、手作業で色を塗っているのだ。

「あれのためにね」

おそでの男が、売れない町絵師で、工賃を節約するため墨一色で摺ってもらうのだ。それをおそでが手伝って何色も色を塗り、錦絵として売っている。

そいつの悪口を言い出すときりがないが、そのくせ別れる気はないらしい。

「それで、あそこの家にいる女なんだけどさ。名はおかねっていうんだ」

しめは、向こうの一軒家を指差して言った。

「ああ、わりといい女ですよね。誰かの妾なんでしょ」

「そう。あんた、旦那は見たこと、ある？」

「何度かね。やさしそうないい男でしょ。新川のほうから来てるみたいですよ」

「おかねについて、なんか噂は聞いてない？」

「噂？」

「じつはろくろっ首だとか」

「そんな馬鹿な」

と、おそでは笑った。やっぱり、ここらではそんな噂はないのだ。もしかして故意に新川筋に広められたのだろうか。

「旦那のほかにも男が出入りしてるだろ？」

「ああ、若いのがね」

「ツバメだろ？」

「あれはツバメじゃないですよ、親分」

「あら？　違うの？」

「ツバメだったら、来たあと、窓閉めたりするでしょうが。いっつも窓開けたまま、しゃべってるし」

「それで、夜もちゃんと帰るし。『姉ちゃん』て呼んでたから、あいつはほんとの弟だと思いますよ。よく見ると、顔も似てるし」

「そうなの」

「そうなの。おかねとは話したこと、ある？」

「棒手振《ぼてふ》りから買い物するとき、何度かね。けっこう、銭の使い方もしっかりして、妾なんかしてるけど、馬鹿な女じゃないって思いましたよ」

「ふうん」

「うちのことも誰かに聞いたみたいで、あたしも、おとっつぁんが浅草にいて寝ついてるので、仕送りが大変だって」

「仕送りしてるんだ」

おかねは思ったほどの莫連でも悪女でもないらしい。

「ありがとよ」

しめは礼を言って、小網町から新川筋に向かうことにした。

しめはどうも、まるで違うできごとを調べているような気がしてきた。

それを雨傘屋に言うと、

「品川屋の商売に、ろくろっ首が役に立つようなことがあるんですかね」

「役に立つ？」

「ええ。夜中に首がのびると、商売が繁盛するような」

「そんなもん、あるわけないだろ」

品川屋の前に来て、やっぱり隣の店のおはつに声をかけた。

「また話を訊きたいんだけどね。お昼、あすこのそば屋で天ぷらそばでもどう？」

「あら」

おはつはうなずき、お昼まで待って、そば屋でいっしょになった。

「あんた、品川屋の女将さんて知ってる？」

「ええ。話したことはありませんけどね」

「どういう人？」

「あの女将さんは江戸の人じゃないですよね。上方訛《なま》りがありますから」

「大坂から嫁に来たんだ」

「みたいです。なんでも、船場《せんば》というところにある大きな海産物問屋の娘で、品川屋さんはあの女将さんが来てから急に大きくなったそうなんです。よほど持参金があって、実家が商売を助けてくれたんだって、おさきちゃんは言ってました」

「おさきちゃん？」

「品川屋の女中です。あたしと仲がいいんで」

「ああ、そうだったね。女将さんは、きれいな人？」

「きれいというよりは、派手な感じの人ですよ。大柄でね。なんて言うのか、大坂城で旗振ってる人ってのも変ですかね」

「変だけど、目立つ人なんだ？」

「目立ちます」

「人柄は？」

「てきぱきして、商売もずいぶん手伝っているみたいですよ」

「男まさりなんだ？」

「でしょうね」

「子どもは、三人いますが、皆、お嬢さんですよ。あれは婿を取ることになるでしょうね」

「妾のことは知ってるのかしらね」

「どうなんでしょうね。でも、知ったら、あの女将さんのことだから、相当怒るんじゃないですか」

おはつは天ぷらそばを食べ終わると、

「瓦版に、あたしの名前は出さないでくださいよ」

念押ししてもどって行った。

「大坂から来た女将さんかあ。実家まで探りにはいけないよね」

しめが愚痴ると、

「でも、ここらには大坂の出店もありますよ。あれなんて、ぜったいそうじゃないですか」

雨傘屋が指差したのは、〈大坂屋〉という看板。酒問屋である。たしかに、あれで本店が名古屋というのはあり得ないだろう。

大坂屋のなかに入って、

「ここは大坂が本店なのかい？」

手代に訊くと、

「さいですが」

やはり上方訛りである。

「旦那に訊きたいことがあるんだけどね」

十手をちらつかせると、

「わかりました」

と、奥に通された。

「女親分さんがなんの御用でしょうか？」

旦那がやって来て、胡散臭《うさんくさ》そうにしめを見た。

「捕り物じゃないんだけどね。ちょっと向こうの品川屋のことを訊きたくてね」

「なんでまた品川屋さんの話を手前どもに？」

「あすこの女将さんは、大坂から嫁に来たんだろ？」

しめがそう言うと、

「ああ」

と大きくうなずき、変に難しい顔になって、

「江戸の商人はわかりませんが、大坂商人はあまり仲間の内輪話はしないのです」

「商売の話を訊こうってんじゃないよ」

「それはそうでしょうが」

「あんたから聞いたなんてことも言わないし」

「そりゃそうでしょうが」

旦那はしゃべろうとしないので、しめはじろじろと部屋のなかを見回した。ときおり別にどうということもないのに、目を瞠ってみせたりする。

旦那もなにか追い出す手を考える糸口を探すように、

「親分は誰から十手を？」

と、訊いてきた。

「あたしの場合は特別でね。根岸肥前守さま直々のお声がかりで岡っ引き稼業をしてるんだよ」

「根岸さまの？　このご用も？」

旦那は驚いた。

「ああ、そうだよ」

「なんだ、それを早く言っていただければ」

と、揉み手しながら笑った。

「今度から、十手に〈根岸肥前守さま御用達〉と書いておこうかね」

「あっはっは。じつは、あすこの女将さんは、訳ありでしてね」

「へえ」

しめは、訳ありという言葉が大好きで、耳にすると自然と目が輝いてしまう。

「どういう訳ありなの？」

膝を進め、先をせかした。

「大坂から来てるんですよ」

「うん。そうらしいね」

「船場の伏見町《ふしみまち》にある〈北浜屋《きたはまや》〉という大きな海産物問屋の娘さんですよ。間口だって、二十間（約三六・四メートル）近くありますかね」

「へえ」

「ところが、あの人はなかなか嫁の行きてがなかった。というのも、蛇娘だという噂があったからなんです」

「蛇娘?」

しめは腕に鳥肌が立った。

「あたしも、家の人から直接聞いたわけではないんですが、子どものときから蛇を怖がるどころか、可愛がったりしていたんだそうです」

「ふうん」

「それで、どうも身体のどこかに、蛇のような痣《あざ》があるらしいので」

「なるほど」

「子どものころは気にしてなかったんだけど、年頃になったころ、蛇娘だと噂が立ち、当人も自分はそうだと思い込んだんだそうです」

「当人もね」

「これが噂になると、当然、もらい手もいなくなりますわな。大坂の船場の大店のお嬢さんであれば、たいそうなところに嫁に行けるのですが、結局、二十三、四になり、そのうち江戸に店を出しているところが口を利いてくれて、ようやく品川屋さんと縁談がまとまったのだそうです」

「品川屋の旦那は、蛇娘というのを知ってて？」

「それはそうでしょう」

「ははあ、そうだったのかい」

つまり、品川屋松右衛門は、根岸の『耳袋』に出てきた貸本屋と同じことをやったわけである。

もう一度、品川屋の前に来ると、ちょうど噂の女将さんが店頭に出ていた。

「雨傘屋。あの人だ」

「ええ」

旦那と背丈はあまり変わらないくらいの大柄な身体をしている。胸や腰のあたりにもみっちり肉がつき、目鼻立ちははっきりして、きらびやかな感じがする。おはつはそうでもないようなことを言ったが、しめからしたら立派な美人である。たしかに大坂城で旗を振っていても、しっくりするかもしれない。そういえば大坂の船場というところには、しめも以前、行ったことがある。淀屋《よどや》橋《ばし》の近くで、豪商たちの店が立ち並んでいた。そういうところの大店のお嬢さんだったら、妙な噂さえなければ、やはり船場の豪商のところに嫁に行っていたのだろう。当人としては、江戸くんだりに都落ちという気持ちだったのではないか。

さらに近づいてみる。

女将さんは届けられた昆布の具合を見ているらしい。

「去年より、ちと薄くなってますな。番頭はん。値切りましたかい?」

「薄いですか。そうでしょうか」

「よおく見なはれ」

番頭は固まっている。

「次に来たとき、ほかのものをまけさせなはれ」

そう言って、柔らかく微笑んだ。叱りっぱなしにはしない。いかにも大坂商人の女将さんという感じである。

近くで見れば見るほど化粧が濃い。目元がくっきりして、頬紅もきつく、このまま舞台に上がってもおかしくない。いったい、身体のどのあたりに、蛇のような痣があるのだろう。

――ん?

江戸ふうの小紋を着ているが、色合いは派手で、それがまた似合っている。ただ、柄が奇妙なのだ。紐のようなものが、くねくねとうねっている。それがいっぱい、ちりばめられているという柄。

――もしかして、蛇柄?

そう思ったら、しめの背筋が寒くなった。

七

この日の夜。

しめはとりあえずわかった話を根岸に報告すると、

「そうか、そうか。女将さんは蛇娘だったのか。それでわかったではないか」

と、手を叩いて笑った。

「え？」

しめはさっぱりわからない。

「品川屋のあるじと、妾のおかねと弟の三人で仕組んだ芝居だったのだろうが」

「なんのために？」

「正妻は、ふつうの妾なら許さないけど、ろくろっ首の娘なら許してくれるだろうと踏んだのさ」

「はあ」

「まあ、そのあたりには微妙な女心がからむのだろう。品川屋もそれを察し、ろくろっ首の娘を妾にするなら大丈夫と踏んだのだろうさ。ふつうの娘に対するようなやきもちもやかず、むしろ同情すら抱くのではないかとな」

「ではあの旦那は？」

「貸本屋といっしょで、品川屋は蛇娘もろくろっ首も、はなから信じてなどいないのさ」

「じゃあ、あっしが考えた仕掛けは？」

わきから雨傘屋が訊いた。

「当たっていたとわしも思う。だが、品川屋からしたら、迷惑きわまりなかったろうな」

「そういうことですか。なるほど、お奉行さまから言われると、あの女将さんの気持ちもわかる気がします」

と、しめは言った。

「そうかい？」

「女将さんは、自分は蛇娘だと本気で思ってるんですよね」

「だろうな」

「では、その話の真偽も確かめましょうか？」

「いや、しめさん。そこまではせんでもいい。もう、そっとしておいてやろうではないか」

根岸は鷹揚に言った。

「そうですね。それどころじゃないというのはわかっています」

しめは殊勝にうなずいた。

「だが、今度のこともそうだったように、しばらく首がらみの事件がつづくかもしれぬな」

「ははあ。そういえば、一つ妙なことが起きると、似た事件がつづいたりするのは、なんなのでしょう？」

「真似をする者もいれば、それまで多くの人の心の奥底にあったものが、それをきっかけに表に出て来たりするのだろうな。気をつけてくれ」

根岸は注意を促したのだった。

第二章　首無し亀の池

一

結局、首切り床屋の件は、椀田豪蔵と宮尾玄四郎、それに夜回り専門の土久呂凶四郎の三人が中心になり、それを岡っ引きの源次としめ、そして雨傘屋が補足するかたちで動くことになっている。

発覚以来、七日ほど経っているが、遺体の身元はまだわからない。

胴体はすでに茶毘《だび》に付した。切り離され、持ち去られた頭部のほうも、すでに相当、腐敗が進んでいるだろうから、そのままにしてはおかず、持ち去った者も埋めるか、あるいは海にでも捨てるかしたはずである。

「もともと、身元をわからなくするため、頭を切り離したのだろうな」

根岸はそう語っていた。

「顔を知られた者だったのでしょうか？」

という宮尾の問いに、

「あるいは、見た目から身元の想像がつくような特徴があったのか」

そうも言った。

じっさい、それくらいだから胴体のほうにも手がかりは残していない。

着物は剝ぎ取ったりはしていないが、二人とも一重《ひとえ》の無地の着物に、麻の帯で、なにも特徴はない。履いていた下駄と草履も、どこにでもあるものだった。ただ、着物はどちらもさほど着古しておらず、新調されたものらしかった。

この日、深川伊沢町にやってきた椀田と宮尾だが、町方の者以外は入れなくなっている床屋のなかで、

「しょうがねえ。呉服屋でも当たるか？」

と、椀田は言った。風は通しているのだが、店のなかにはまだ、胸が悪くなるような血の臭いが残っている。

宮尾は顔をしかめ、

「これを持ってかい？」

襟元あたりにはべっとり血がついている。乾いてはいるが、夥《おびただ》しい量の血を吸ったことは、布地の強張《こわば》り具合からも想像がつく。見せられたほうは、ろくに見もせ

ず、思い出そうともしなくなるだろう。

「洗うか？」

「そうだな。洗えば血糊が落ちて、臭いもしなくなるか。色は残るだろうが、まだ見てもらえそうだ」

洗うのは、深川伊沢町の町役人に頼んだ。

床屋のあるじの金蔵も消えたままで、こっちは三日前から人相書《にんそうがき》をつくらせることにした。歌川良助《うたがわりようすけ》という似せ絵のうまい絵師に頼み、床屋に来ていた客の話を聞きながら描いてもらっている。いまも、伊沢町の番屋の隅で描いている途中だったので、

「だいぶできてきたな」

わきからのぞき込んで、椀田は言った。

「そうですね。でも、床屋のおやじの顔てえのは、客もあんまり見てねえんですよ」

「そりゃそうだ。たいがい自分の後ろに立って、髪を結うわけだからな」

「ええ。八人ほど話を聞いて、やっとここまできましたよ」

「だが、似ていそうじゃねえか」

椀田がそう言うと、客のほうもうなずいて、

「いやあ、よく似てますぜ。これなら見間違えようがねえ。たいしたもんですよね」

と、褒めた。

「あっしは似せ絵は褒められるんだが、専門の役者絵のほうは、ちっとも褒めてもらえねえんで。どういうことですかね」

歌川良助は愚痴った。

「そりゃあ、役者が喜ぶように描かねえからだろう。役者も客も、当人より男前の絵が欲しいんじゃねえのか」

椀田は笑って言った。

「やっぱりそうですかね。あっしは、そっくりに描き過ぎるのかもしれねえ。でも、嘘の絵は描きたくねえでしょう」

「まあ、そういう難しい話は師匠と相談してくれ。こっちとしては、早いとこ、神田岩本町のほうに行ってもらいてえんだ」

「わかりました」

歌川良助は、完成した絵を両手で持った。

眉と目のあいだが離れ、鼻は横に広く低い。やや受け口気味で、右顎のところに大きなホクロがある。色は浅黒く、筆さばきで肌の脂っぽさまで感じさせる。

根岸は、これで版をつくり、摺らせてから使うようにと言っていた。版木屋には、神田岩本町に行く途中、歌川派御用達の彫師がいるので、持って行ってくれるという。

「でも、こいつは床屋の顔じゃないな」

宮尾が言った。

「なに屋の顔だ？」

「国を捨ててきた棒手振りのどじょう屋かな」

「なるほどな」

言われてみれば、そんな感じもする。

「じゃあ、棒手振りのどじょう屋を当たるか？」

「冗談だよ」

宮尾はつまらなそうに笑った。

要は二人とも、早くも途方に暮れているのだ。

二

この日の夜——。

椀田と宮尾の二人と入れ替わるように深川伊沢町にやって来た土久呂凶四郎と岡っ引きの源次だが、こちらもまた、調べの手詰まり感はいかんともし難い。

床屋のあるじの行方も、遺体の身元についても、まったく話が入って来ないのだ。

瓦版あたりに、なにか町方でも聞き洩らしているような話でもないかと、いろいろ読み漁ったりもしたけれど、困ったときの敵討ち説が大半で、根拠のない生贄《いけにえ》説がいくつかあったが、それもわざわざ調べ直すほどのものではなかった。連中も、与太話のネタすら尽きてきたらしい。

「どうします、旦那？」

源次が申し訳なさそうに訊いた。

「今夜も飲み屋回りだろう」

と、凶四郎は言った。昨夜は、「こういうときは、町の噂に耳を傾けるしかねえよな」と、界隈の飲み屋を四軒ほど回って、客の話を聞き込んだ。

すると、床屋の金蔵は、近所の飲み屋四軒のどこにも来ておらず、どうやら酒は飲まないか、それとも家で一人で飲む口だったらしい。

ただ、そのうちの一軒では、昼間、何度か昼飯に来ていたらしい。

「なに食ってた？」

凶四郎は訊いた。もしかしたら食いものの好みで生国がわかるかもしれない。

「おきゅうとはないか？」などと訊いていてくれたら、九州生まれと想像がつく。

「いやあ。うちは飯と言われたら、その日に決まったものを出すだけで、大方、イワシの焼いたのか、豆腐の煮つけかですよ」

黙って食い、とくに大食いでもなかったらしい。

今宵は、油堀を渡ってすぐのところにある〈佐々木屋《ささきや》〉という屋号の飲み屋に入った。飲み屋なのに屋号があるくらいだから、六、七十人は入るかというくらい広いし、夜中遅くまでやっているし、酒も肴《さかな》もうまくて繁盛しているうえに、大きな赤提灯も目立つので、大酒飲みでなくても、いっぺんくらいは顔を出しているはずである。

「おや。土久呂の旦那じゃねえですか」

おやじは凶四郎を見ると、声をかけて来た。ここには何度か、調べで話を訊きに来たことがある。町方には好意を示してくれていて、近ごろはおやじが悪党と睨んだ者については、覚書まで残していてくれたりする。

「例の首切り床の調べで回ってるんだ」

「やっぱり」

「怪しいのは来てねえかい？」

「ええ。着物に返り血を浴びたようなやつも、青ざめてぶるぶる震えているようなやつも来てませんね」

「そうか」

「まだ目鼻はつきませんか？」

「……」

　そうだとは言いたくない。

「生憎あっしは、そこの床屋には行ってねえんで、あるじの顔も知らねえんですよ」

「うん、それはいいんだ。客はいろいろ噂してるだろう」

「そりゃあ、まあね」

「そういう巷の声にも謙虚に耳を傾けようと思ってさ」

「なるほど。酒は一本ずつでいいですか？」

「肴も適当にな」

　おやじの娘とは思えない、色白の、二十歳は過ぎていそうな女が、源次のほうに微笑みかけながら酒とタコの煮つけを置いていくと、二人でちびりちびりやり出した。

「いい酒ですね」

「だろう」

「うちの店より上等です」

　源次の母親は、浅草の雷門の近くで飲み屋をやっている。

「調べがなきゃ、もっとうまいんだがな」

「ほんとですね」

「おめえ、まだ、嫁はもらわねえのか？」

「おふくろにも言われますよ」

「気に入ったのは？」

「いやいや、まあ、それは」

「いるんだ」

どこの誰だと突っ込もうとしたとき、
という言葉が耳に入ってきた。

「首無し亀……」

「ん？」

凶四郎と源次は、同時に声のしたほうを見た。二人とも、首という言葉に敏感になっている。

話しているのは、職人らしい二人連れである。

「何匹くらいいるんだ？」

片割れが訊いた。

「けっこういるよ。亀の数も多いんだが、そのうち十四から二十匹くらいはいるんじゃねえか」

「そんなに？」

片割れは呆れた。

「おい、面白そうな話じゃねえか」

と、凶四郎は割って入った。

職人ふうの二人は、さっきから凶四郎と源次が町方同心と岡っ引きであることは気づいていたはずだが、聞かせようと思ってしていた話ではないはずで、

「いやあ、面白いというより、こんなときですからね、気味が悪いですよ」

片割れの年上らしきほうが答えた。

「亀の首を斬ってるのか？」

生きものの虐待は、町方でも気をつけている。路上に犬や猫の奇妙な死骸が見つかったりすると、まもなく辻斬りが出現するのはよくあることなのだ。もちろん、犬猫を斬ったのも辻斬りの下手人である。

「いや、たぶん、首をすっぱりやってるわけじゃあねえと思うんです。だって、いくら亀でも首を落としたら死にますでしょ」

「そりゃあ死ぬわな」

「でも、泳いでいるんですから。首がないまま」

「どういうことだ？」

凶四郎が源次を見ると、

「亀のこれですか？」

と、両手の胸のあたりでだらりとさせた。

「いやいや、亀の幽霊はねえでしょう」

と、職人は笑って、

「なんか、首を出せねえか、あるいは出したくねえみたいなんです。和尚さんなんぞは、亀にもそういう気分のときがあるのかもしれぬとおっしゃってるんですが」

「和尚さん？」

「そっちの寺の池に出てるんですよ。長復寺《ちょうふくじ》といって、もともと池に亀がいっぱいいるんですが、そこにいる亀のなかに出てきたんです。首無し亀が」

「いつから？」

「例の首切り床屋の騒ぎがあった二日後くらいですかね、子どもが騒ぎ出したのは」

「子ども？」

「ここらの子どもが見つけたんです。あっしら大人は、亀なんざじっくり見たりはしませんからね。だから、もっと前からいたけど気がつかずに、例の騒ぎがあったから目につき出したのかもしれませんよ」

「首無しが二十匹くらいだって？　亀は全部で何匹くらいいるんだ？」

「それはもう数え切れねえほどですよ。百匹じゃきかねえでしょう。ここらじゃ、亀寺って言ってるくらいですから」

「境内の池だな」

「境内にもあるんですが、大きな池で塀の下をくぐり、外のほうにもつづいているんです。だから、なかに入らなくても、亀は見られますがね」

「見に行くか」

凶四郎は源次に言った。

「わかりました」

二人とも、まだ残っていた酒と肴を片付けてから、勘定を置いて、店を出た。

東光山《とうこうざん》長復寺は、仙台堀と油堀のあいだにつづく寺町の一角にあった。小さいが、門前町もできている。

夜なので山門は閉まっているが、なるほど池は、山門のわきをくぐるようにして、門前町のほうまではみ出している。

源次が石橋から下の池のほうに提灯を向けた。

「いねえな」

「寝てるんでしょう。亀は、底のほうで寝たりしますから」

だとすれば、いまは暗くてわからない。

「詳しいな」

「亀、飼ってたことあるんです。飼うと可愛いもんですよ」

「食ったのか？」

「食いませんよ。スッポンじゃねえんだから」

「明るくなってから来るか」

「そうしましょう」

三

　このあと二人は、深川相川町《あいかわちょう》の飲み屋に行った。ここは漁師町なので、夜釣りに出た漁師や、明け方舟を出す漁師などがたむろする、一晩中開けている飲み屋が何軒かある。そこで噂話を聞くことにした。もちろん、首無し亀の噂ではなく、首切り床屋のほうである。

「近ごろ、土左衛門《どざえもん》が上がったという話は聞いてねえよな？」

　顔見知りの網元がいたので、凶四郎は声をかけた。

「聞いてませんね。旦那、土左衛門より、首でしょ？」

「そうなんだけどさ」

「首も上がったという話は聞いてませんよ」

「だよな」

上がれば、当然、お船手組《ふなてぐみ》経由でも、町奉行所に伝えられる。そんな話はまったく届いていない。

「首は海に放られたら、上がるかね？」

首がついたままだと、ぱんぱんにふくれて上がってくる。だが、首だけだとどうなのか、凶四郎にも見当がつかない。

「どうなんですかね。多少はふくれても浮かぶまではならねえ気がしますがね」

網元はそう言って、まずそうに酒を呷《あお》った。

「急にいなくなったやつの話なんぞも聞いてねえよな？」

凶四郎はさらに訊いた。

「その前にいなくなったのはいますが、首切り床のあとでいなくなったてえのは聞きませんね」

「その前にいなくなったてえのは？」

「漁師ですよ。大物狙いの男だったんですが、十日ほど前に漁に出たまま、帰って来てねえんでさあ」

「漁師か」

漁師なら日焼けでわかる。首無しの遺体は、どっちも漁師ほどは陽に焼けていなかった。

ここで一刻（二時間）ほど、客と話したりして、それから永代寺《えいたいじ》から富ケ岡八幡《とみがおかはちまん》宮《ぐう》の周囲を回るうち、夜が明けてきた。

長復寺の門前で池をのぞき込むと、

「おお、ずいぶん亀がいますね」

水面のあちこちに、直接光は当たっていないが、夜の名残りのような亀の黒い影が点在している。これは百匹ではきかない。その倍はいるだろう。

「亀だけじゃねえな」

よく見れば、鯉もいれば、フナやメダカなどもいる。釣るやつもいるのか、池のあちこちに、

「釣り、殺生を禁ず」

の札が立っている。

「餌やりもしてそうですね」

「池もずいぶん広いんだな」

「ええ。しかも深そうですよ」

水面だけでなく底も見えるくらいに明るくなってきた。

「おい、源次。あいつは首がねえよ」

凶四郎は三間（約五・五メートル）ほど先に浮かんでいる亀を指差した。本当に、

手足や尻尾はあるが、首だけがない。ちゃんと泳いでいるので、死んではいないのだ。

「どうなってるんですかね？」

源次は首をかしげた。

そのうち、近所の子どもがやって来て、

「あ、あれだ」

「あっちにも」

「亀の床屋に切られたんじゃねえか」

「うへーっ」

などと騒ぎ出した。半分は面白がっている。

さらには近所の婆さんも来て、

「なんの因果でございましょうか。なんまんだぶ、なんまんだぶ」

と、拝み始める始末。

かたかたと音がして、小坊主が山門の戸を開けた。

「よう。一休さん」

「一休さん？　わたしは洋念《ようねん》といいますが」

「洋念さん。なかも見せてもらうぜ」

そう言いながら、境内に入った。池の縁ぞいに見て行くと、

「首無し亀ですか？　昨日より増えてるみたいですね」

洋念がわきに来て言った。

「どういうわけなのか、寺じゃ調べてないのかい？」

「はい。和尚さんは、人間だって借金で首が回らなくなるんだから、亀だって首が出なくなることはあるはずだっておっしゃってました」

「そうかい」

ずいぶん達観した和尚のようである。

が、町方の同心は、達観などしていたら商売にならなくなる。

「どうなってるのか、捕まえてみようぜ」

と、凶四郎は言った。

「網を持ってきましょう」

源次は番屋に行き、適当な網がないので、捕り物道具の刺又《さすまた》と物干し竿を持ってきた。番太郎もいっしょである。

「あの首無し亀をすくってくれ」

と、凶四郎は番太郎に言った。

「げっ。バチが当たるんじゃないですか」

番太郎が怯えているので、

「おいらがやるよ」

源次が道具を器用に扱って、一匹の首無し亀をすくい上げた。

「どれどれ」

凶四郎が甲羅を持って、亀の頭が出る穴を見た。

「ははあ」

「奇形ですか？」

源次も気味悪そうに訊いた。

「いやあ、飯の塊でふさいだだけだな」

「飯で？」

「ああ。飯は固まってて、亀は首を出せないでいる。息をするくらいの穴は開いてるんだがな。でも、そのうちに飯は水のなかでふやけ、亀はそれを食って、顔を出すことができるって寸法だ」

「なるほど」

「うまく考えたもんだな」

凶四郎はそう言って、飯をつけたまま、亀を池にもどした。

「誰かがやって放流してるんでしょう。見張りますか？」

源次が訊いた。

「無理だな。ほら、池はあっちにもこっちにも伸びてるし、そっちでは堀とつながってる。どこからでも、そっと放流できるんだ」

「ほんとですね」

「ただの悪戯にしては、しつこいし、念が入っている。どういうつもりかな」

凶四郎は考えたがわからない。

だが、首切り床屋とは関係ないだろうし、とりあえずうっちゃっておいても、虐待とは違うので、たぶん人が死んだりはしないだろう。

「今日はここまでにしよう」

源次は浅草の家に、凶四郎は奉行所に引き上げることにした。

まっすぐ奉行所に帰るつもりだった凶四郎は、永代橋を渡ると、なぜか左のほうに曲がらず、まっすぐ霊岸島を横切って、小網町の通りを進んだ。

——なんてこった。

自分でも不思議な気持ちなのだが、いつの間にか葺屋町《ふきやちょう》の川柳の師匠であるよし乃の家の前に来ていた。眠けが強いと、こうなるときがある。

玄関の戸はまだ開いていない。二階の部屋で眠っているのだろう。

家のわきに立っている柳の木に手をかけ、幹を揺さぶり始めた。こうすると、枝の先が二階の障子戸をこするのである。風で揺れるのとは、揺れ方が違う。

障子戸が開き、顔を出したよし乃が、艶然と微笑んだ。

やがて、玄関の心張棒が外され、凶四郎はなかへ入った。

「まだ寝てたんだろう」

「昨夜は遅かったんですよ」

「すまなかった」

「あと半刻、寝かしてくださいな」

「じゃあ、お暇《いとま》するよ」

「そんなこと言わずに、いっしょに」

「……」

なぜか断われない。

二階に上がると、枕元には朱筆が入った川柳本の草稿が置いてある。昨夜、寝るまぎわまでやっていたらしい。

「例のやつかい？」

「そうなの」

よし乃の弟子たちの作を集めた冊子を出すことになっている。以前、某事件で知り合った〈桔梗屋《ききようや》〉の若旦那が、費用を持ってくれることになったのだ。弟子のほうもますます増えて、いまや百人ではきかない。

逆に、凶四郎はこのところ、句会にもなかなか出席できないでいる。

「でも、土久呂さまの句も三つほど」

「なんだかすまねえな」

「いいえ。実力ですよ」

「近ごろつくってねえから腕も落ちたかも」

「それはいけないわよ」

「なんかひねるか」

「お題は？」

「首無し亀」

「なに、それ」

よし乃が隣でもぞもぞと動いた。

そのうち、凶四郎は首無しどころか、やけに首が伸びた亀の姿が脳裏に浮かび、しばらくもぞもぞと動いたが、いつの間にか眠りに落ちた。

四

翌日、土久呂凶四郎は、神田岩本町の番屋で七つ（午後四時）に源次と待ち合わせ、人相書の進み具合を確かめると、深川に向かった。

長復寺の前に来ると、今日も池に首無し亀が出没していたらしく、近所の子どもたちが大勢見に来ていた。

伊沢町の番屋に入って、町役人から茶を出してもらい、それをすすりながら、

「でも、なんで亀の首なんだろうな」

と、凶四郎は言った。

「なんでと言いますと？」

町役人は不思議そうな顔をした。

「だって、例えばだぜ、鳩の首でもカラスの首でもいいだろうよ。ちょん斬るまでいかなくても、首に赤い糸がくくりつけられていたら不気味だろう。亀の首を無くすことに、なんか意味があったんじゃねえのか？」

それは、いったんよし乃の家を出て、奉行所にもどって寝直すまで、ずっと考えたことだった。首切り床屋が、殺した相手の首を持ち去ったのに意味があるように、亀の首にも意味はあるはずなのだ。

「なるほど」

と町役人はうなずき、

「そういえば、ここらで亀と言えば、たいがいの者がまず思い浮かべるのは〈亀屋《かめや》千両堂《せんりょうどう》〉さんでしょうね」

「亀屋千両堂？」

「そっちの佐賀町《さがちょう》にありますでしょう。薬種問屋で、砂糖もかなり扱ってます」

「ああ、あるな」

千両箱が甲羅になって、頭や手足が出ている看板が目立っている。

「もともとこの長復寺に亀が増えたのも、亀屋千両堂さんの先代のあるじが亀を放って増やし、池の整備にも金を出したのがきっかけだったんです」

「そうなのか」

「もしかしたら、亀屋千両堂さんを脅したかったら、ああいうことをするかもしれませんね」

「おい。それはあり得るぜ」

凶四郎は手を叩いて立ち上がった。そこまで長復寺の亀と縁があるなら、いちばん嫌な気がしているのは、亀屋千両堂のあるじだろう。

源次とともに、佐賀町の亀屋千両堂を訪ねた。間口も十四、五間（約二五・五〜二七・三メートル）はありそうな大店で、人の出入りも多く、薬の臭いのほか、甘い匂いも外に流れてきている。

のれんを分けた凶四郎を見て、

「やはり、うちが狙われていますか？」

と、正面に座っていたあるじが、怯えた声で訊いた。その隣には、見覚えのある岡っ引きがいる。

「どういうことだい？」

凶四郎は訊いた。

「それで来られたんじゃないので？」

「いや、まあ、そうなんだが。長復寺の首無し亀が気になって、もしかしてここに関わりがあるのかなと」

「ええ。はっきり脅迫状が来たとかいうのではないのですが、長復寺の池の首無し亀はうちに恨みを持っているやつのしわざだという話があるみたいなのです」

あるじがそう言うと、隣の岡っ引きが、

「一部の噂ですけどね」

と、言った。

「おめえは確か……」

「へえ。万年町《まんねんちょう》の与五八《よごはち》と申します。椀田の旦那から十手を預かってまして」

「そうだったな」

与五八は、歳は二十四、五。すでに隠居したがおやじも岡っ引きをしていた。なりがすっきりして、どことなく吉原《よしわら》帰りの若旦那みたいな感じがするのは、母親が髪結いで、嫁は料理屋をしていて、金には不自由していないからかもしれない。

「それで旦那がひどく心配なさっているので、あっしがお手伝いして、いちおう用心棒を雇うことになりましてね」

「決まったのか？」

「ええ。長復寺門前町にある長屋に住む佐野《さの》貫八郎《かんぱちろう》というご浪人です」

「ずいぶん手回しがいいじゃねえか。いくらで雇ったんだ？」

凶四郎が訊くと、

「月に五両。手付けに二両でございます」

あるじのほうが答えた。大金である。

「用心棒はおめえが世話したのかい？」

凶四郎は与五八に訊いた。

「ええ、まあ」

「深川の岡っ引きは、口入れ屋も兼業してるのか？」

凶四郎の口調はいささか厭味たらしい。

「そうじゃねえんで。以前、佐賀町米穀問屋の〈若松屋《わかまつや》〉さんに雇われていて、頼りになる人だって聞いていたもんで。まあ、ご当人とは何度か話をしたこともありましたし」

「どういう男なんだ？」

「以前、土佐藩の藩士だったらしいんです」

「大藩じゃねえか。それが浪人したんだ？」

「ええ。剣のためだそうです」

「剣のために浪人……？」

ずいぶん訳のわからない話である。

凶四郎は思案した。首無し亀を放流し、妙な噂を立てたうえで、用心棒仕事にありつく——それも考えられなくはない。さらに、店の内部に入り込めれば、もっとあくどいことだってやれるのである。例えば、押し込みの手引き。

「腕はどうなんだ？」

凶四郎はさらに訊いた。

「かなり立つという話です」

「話か」

「土佐藩では、剣術指南もなさっていたそうですから」

「……」

土佐藩の剣術指南といったら、たいしたものである。だが、立派過ぎる話は、往々にしてホラだったりする。

凶四郎が疑わしそうにしたのを見て取ったらしく、

「もしかしたら、腕前を見られるかもしれませんよ」

と、与五八は言った。

「なんでだ？」

「もうひと方、戸田銀蔵《とだぎんぞう》という用心棒志願者がいて、ここの手代から話を聞いて、わしのほうが先に申し込んでいたのにと怒ってるんですよ。これがまた、荒っぽい人でしてね。腕の立つほうがなるべきだと言って、佐野さまに喧嘩をふっかけていたんです。さっきも、一杯ひっかけて来たんで、もしかしたらこれが始まるかもしれません」

与五八は、十手を左右に動かして、剣戟《けんげき》の真似をした。

「与五八。案内しろ」

佐野のところに行ってみることにした。むろん源次もいっしょである。

長屋は、亀寺こと長復寺の門前町の裏手にあった。いわゆる九尺二間の狭そうな長屋だが、周囲はなんとなく広々としている。池がすぐそばまで来ていて、ここならいくらでも亀をすくい上げ、飯の細工もできるはずである。

「なるほどな」

佐野がそういうことをしているのを想定しながら、池をのぞき込んでいると、

「どうした、与五八？」

当人が家から出て来て、与五八に訊いた。歳は三十前後だろうが、浪人暮らしはだいぶ長くなっているらしく、着物などはかなり傷んでいる。しかし、体格のせいか、うらぶれた感じはしない。

「いや、まあ」

与五八はさすがに言い淀んだ。佐野の剣術の腕自慢は本当か、確かめに来たのだとは言いにくい。

「そっちは町方の同心か？　こんなところでなにをしている？」

訊いてきたが、咎めている口調ではない。どうやら怒っているとか、鬱陶しがっているというよりは、本当に興味を抱いたといったふうである。

「うむ。ちと、首無し亀のことでな」

と、凶四郎は言った。

「なんだな。町方は亀のことまで探ってるのか。それより、早く噂の首切り床屋を捕まえたほうがいいんじゃないのか。この件は、わたしのような暇な者にまかせたほうがお互いのためだろう」

佐野は快活に笑って言った。

そこへ、

「おい。佐野はいるか？」

と、大きな声がした。

「あれが戸田銀蔵です」

与五八が小声で言った。

戸田は酔っているらしく、足取りがすこし乱れている。見ると、木刀を二本、持参してきていた。

「なんだ。きさま、また来たのか？」

佐野が戸田に言った。

「当たり前だ。本来、わしの仕事だったのが奪われたのだからな。さあ、わしと勝負して、負けたら用心棒の仕事は諦めろ」

「わからん男だな。向こうの主人が、わたしがいいと言ったのだから、どうしようもあるまい」

「侍ならぐずぐず言うな。ほら」

戸田は木刀を押しつけ、踵《きびす》を返して歩き出した。

「仕方ないな」

佐野も戸田の後を追った。

路地を出て、通りの真ん中で、戸田は向き直った。

佐野も足を止め、戸田に対峙《たいじ》した。

凶四郎たちは、ここを通る町人が巻き込まれて怪我などしないよう、二人を遠巻きにした。だが、いまどきこんな寺町を通る者は少ない。

「やあ」

軽く掛け声を飛ばしながら、戸田は足を前後に動かした。酔っ払っていたはずが、いまや足の乱れはない。構えた木刀もぴくりともしない。あれは酔っ払ったふりだったかもしれない。

ともに正眼である。

月明かりもあるし、町の明かりで充分に明るい。

「参る」

戸田が先に動いた。軽く踏み込み、小手を狙った。

佐野はこれを軽くはじいた。また押して来るのを、軽く受ける。確実に見極め、最小限の動きしかしていない。

何度か木刀の先だけで小競り合いがあって、

「きぇーっ」

突如、けたたましい声とともに戸田はいっきに前進して、突きを入れた。伸びのあるいい突きである。

が、佐野はこれを下から撥ね上げた。それがよほど強い剣さばきだったらしく、戸田の木刀が大きくはじかれた。

「やっ」

戸田が驚愕したと同時に、佐野は戸田の脇をすり抜けながら、左の太腿、それから回り込んで尻を強く叩いた。びしっ、ばしゃっ、という強烈な音がした。

「ああっ」

戸田は痛みのあまり腿を抱えるようにしながら倒れ込んだ。

「これで終わりだ」

佐野はそう言って、木刀を戸田に放り、悠然と長屋に引き返して行った。

この一部始終を見届けて、

「確かにたいした腕だぜ」

と、凶四郎は感心した。

「旦那でも苦労しそうですか？」

源次が訊いた。

凶四郎はさっきの太刀筋を思い描き、

「いや。あいつには勝てないな」

本心である。

「え」

「だが、おいらには源次がついてくれている。お前がわきから、つぶてを投げたり、十手を振り回したり、いろいろとちょっかい出してくれたら、それでどうにか五分かな」

「そんなに強いですか」

源次は目を瞠った。源次も喧嘩沙汰だったら、下手な侍相手なら充分勝てるほどなのだ。

五

朝になって——。

凶四郎が奉行所にもどると、根岸の朝食の席に椀田と宮尾がいて、話をしていた。わきに座って聞いていると、二人は昨日だけで、二十軒ほどの呉服屋を回り、首無し遺体が着ていた着物を見せて、心当たりがないかを訊ねたという。

「だが、どこも心当たりはありませんでした」

椀田は言った。さらに宮尾が、

「柄があるとまだ記憶に残るのですが、無地となると忘れてしまうみたいです」

そう付け加えると、

「そうか。帯のほうはどうだった？」

根岸が訊いた。

「あ」

椀田が顔をしかめた。

「帯は持っていっておらぬのか？」

「血のついた着物のほうばかりに気を取られ、帯を忘れてました。今日は、帯のほうも訊いて回ります」

「そうしてくれ」

椀田と宮尾は、しくじりを恥じるように肩をすくめながら部屋を出て行った。

「土久呂のほうはどうだった？」

「残念ながら床屋のほうではなにも引っかかって来ないのですが、首無し亀の話というのがありまして……」

凶四郎は恐縮して言った。忙しい根岸なのだ。あまりくだらない無駄な話は聞かせたくない。

「首無し亀？」

根岸の耳がぴくぴくした。興味を示したのだ。

それで、いままでのことをざっと語って、

「結局、土佐藩浪人の佐野貫八郎という男が、亀屋千両堂の用心棒になったのですが、わたしは、やつこそが臭いと思うのです」

「亀の仕掛けはその佐野がやったというのか？」

「はい。池は佐野の長屋の裏までつづいているので、首無し亀を放流したのが佐野であってもおかしくありません」

「ほう」

「心配なのは、その先があるかもしれないということです。押し込みの前触れでなければよいのですが」

「なるほど」

と、根岸はうなずいて、

「わしは今回はまだ、一度も現場に足を運べていないので、今日にでも深川の現場をちと見に行ってみるか」

「床屋は家主がきれいに掃除しちまいましたが」

「それはそうだろう。それと、その亀も見てみたいな」

「亀を？　やはり、佐野はかなり怪しいのでしょうか？」

凶四郎は訊いた。根岸がわざわざ足を運ぶくらいなら、やはり押し込みまで心配しているか、あるいは、首切り床屋とも関連があると睨んだのか。

「ま、それはいろいろ見聞きしてからだな」


夜になるのを待って、根岸は深川へ向かった。椀田と宮尾は別に動いているので、ほかの根岸家の家来が三人、供をしている。

凶四郎と源次は、伊沢町の番屋で待っていて、根岸が来るとまずは首無し遺体が出た伊沢町の床屋に案内した。根岸はざっと店内を見回し、二階の部屋も見て、

「やけに荷物が少ないようだな」

などとつぶやいた。

「荷物がですか？」

「うむ。家族はいないにしても、あまりにも暮らしの臭いがせんではないか」

「ははあ」

やはり、根岸の見る目は独特である。凶四郎はそこまでは思いもしなかったし、椀田も宮尾もそれは指摘していない。

「さて、次は長復寺か」

「お奉行。力丸姐さんのところへは？」

凶四郎は小声で訊いた。力丸の家はここからだと歩いてもすぐである。

「おい、わしは仕事で来ているのだぞ」

「あいすみません」

長復寺の池のところまで来ると、凶四郎はあらかじめ捕獲しておいた、飯で首の穴をふさがれた亀を見せた。お奉行がわざわざ検分に来るのだから、ずぼらな凶四郎もそれくらいの配慮はする。

「なるほど。よく考えたものよのう」

根岸は亀を手に取って面白そうに笑った。

とそこへ、

「よお、町方」

声をかけて来たのは、湯屋の帰りらしい佐野貫八郎だった。佐野には夜、訊きたいことがあるので訪ねるとだけ言ってあったのだが、まさか身だしなみを整えたつもりなのか。

「お奉行。あれが佐野です」

凶四郎は囁いた。

佐野は相変わらずの磊落《らいらく》な調子で、

「なんだ、今日は上司さまのお供か。宮仕えは大変だよな」

と、声をかけてきた。

「無礼な。南町奉行根岸肥前守さまであるぞ」

根岸家の家来が強い口調で言ったが、

「ああ、こりゃどうも」

佐野は会釈するでもない。

「土久呂から聞いたが、凄い腕前だそうだな」

「まあ。凄いといえば凄いけど、命のやりとりはそんなにしたことはないので、わかりませんな」

「なるほど」

根岸はうなずいたが、家来の一人が、

「どうも話していると侍には見えぬな」

と、わきからひとこと言った。この家来は名を輪島《わじま》といって、宮尾や坂巻弥三郎《さかまきやさぶろう》とは折り合いが悪いと聞いている。

「そうかね。わたしからしたら、あんたのほうが侍に見えないけどね」

「なに」

血相を変えた輪島を、根岸が表情だけでたしなめ、

「なぜ、そう思う？」

と、訊いた。

「これはわたしの持論なのですが、侍というのは本来、宮仕えなんかしないような気がするんですがね」

「では、侍はどうすべきなのだ？」

「剣という道具一つで世を渡る、それが侍という職業だとすると、わたしのように浪人しているのが本当なような気がするのですよ。じっさい、わたしはそう考えて、土佐藩から出たのですが」

この話に、凶四郎は本当に剣のために浪人したのかと、呆れ返った。先日、与五八から聞いたときは、なんのことかわからなかった。

「面白いな」

根岸は言った。

「ところが、いまは刀一つで世を渡るのはなかなか難しくてね」

「だろうな」

「いまいちばん期待しているのは、大店に五人くらい凶悪な連中が押し込みに入るんです。それをわたしが一人で五人すべてを斬るか縛るかする。それで、わたしがいなかったら、三千両、持っていかれるところだったのだから、礼としてその一割の三百両をわたしがもらうんです」

「なるほど」

「三百両もらったら、まあ、一生食っていけるでしょう。それでこそ侍というものでしょうな」

「道場をやる気はないのか？」

「やったことはあるんですよ。だが、稽古が厳し過ぎるし、先生の教えには型がないので学びようがないといわれましてね」

「型がないのか？」

「ありますよ。あるけど、型なんかより大事なのは、足腰と目を鍛えることでしてね。どうも、それがわからんのですよ。もっとも、わたしもわかるようには教えないのですが」

「教えないのか？」

「なんでもそうですが、教えられてるようじゃ駄目なんでね。自分で学び取らないと、身につかないんですよ」

「それはわかるな」

すっかり気が合ったような根岸の話ぶりである。

そこへ女が通りかかって、

「あら」

と、立ち止まった。佐野の知り合いらしい。

「よお。すぐ終わる。部屋で待っててくれ」

「あいよ」

女は急ぎ足で、路地に入って行った。

根岸はそれを見送り、

「いや。面白い話を聞いた。では、用心棒を頑張ってくれ」

根岸はそう言って、踵を返した。


「どうです、お奉行？」

根岸の後を追いながら、凶四郎は訊いた。

「うむ」

「佐野が自分でも言ったことこそ、首無し亀の狙いだと思われませんか。たぶん、亀屋千両堂に押し込みが入ります」

「となると、押し込み側のほうも手配せねばならぬぞ」

「あの男なら、それくらいのことはやれそうです」

「だが、じっさいにそうなると、押し込んだほうは騙したなとか、貴様はわしらの味方じゃねえのかとか、騒ぎ出すのではないか？」

「それを言う前に、五人とも斬って捨ててしまえば……」

凶四郎は言いながら、あの男はそこまではしない気がした。ならば、佐野は覆面でもして顔だけ隠してもいい。

だが根岸は、

「ま、話としてありきたりだな」

そう言って笑っただけだった。

六

そのころ──。

椀田と宮尾は、数日前に来た銀座の呉服屋に顔を出していた。

「また、なにか？」

番頭がいささか迷惑だという顔で言った。この前は、血の染みがついた着物二枚を顔をしかめながら見て、いいものだが覚えはないと言われたのだ。

「あのときは着物だけで、帯を見てもらってなかったんだ」

と、椀田は持参した帯二本を番頭に見せた。

「なるほど。拝見しましょう」

と、帯を手に取るとすぐ、

「ほう」

「どうした？」

「これはいいものですよ」

「麻だろう」

「麻ですが、これほど柔らかいものはなかなか」

帯を揉むようにしながら番頭は言った。

「そうなのか」

「上布《じょうふ》ですが、おそらく近江《おうみ》上布」

「近江上布？」

「最高級品です。それを無地で揃えるなど、殺された人たちはなかなか贅沢だったようですな」

番頭はそう言って、手代に店の品を持って来させた。

「これはうちで置いている近江上布の帯ですが、どちらも縞を入れています」

「なるほど」

「無地は仕入れておりません。〈越後屋《えちごや》〉さんか〈大丸屋《だいまるや》〉さんでお訊ねしてみては？」

「わかった」

すぐに日本橋室町《むろまち》の越後屋を訪ねたが、番頭に心当たりはないと言われ、つづいて行った大伝馬町《おおでんまちょう》の大丸屋はすでに店を閉めていたが、急ぎの調べだと無理を言ってなかに入った。

「この帯なのだがな」

ここも番頭が相手をして、

「ははあ。近江上布ですな」

「ここで扱っているか?」

「おります」

「同じものを?」

「ええ」

と、番頭は手代に持って来させた。

椀田は宮尾を見てうなずいた。もしかしたら、殺された男たちの身元につながるかもしれない。

「これですね」

まさに同じものだった。

「いくらする?」

「三両いただいております」

「帯一本が三両か？」

椀田は呆れて訊き返した。

「この布地は、一反で八両ほどしますので」

「誰に売った？」

それくらいの品なら、売った相手も覚えているだろう。しかも二本、売ったのだ。お得意さまかもしれない。ところが番頭は、

「生憎と、まだ売れておりません」

と、思いがけないことを言った。

「なに？」

「縞柄は六、七本出ていますが、この無地のものはまだ」

期待はたちまち雲散霧消した。

「江戸ではほかにどこが扱っている？」

宮尾が訊いた。

「これはおそらく手前どもだけかと。これを織るところは、手前どもだけに卸してくれていますので」

「では、この二本は？」

「おそらく京都の本店か、大坂の店で」

「なんと」

椀田はいっきに疲れ切ったという顔で、宮尾を見た。

七

この晩は根岸が出かけていたため、椀田と宮尾の報告は翌朝になった。根岸は朝の膳につき、もどったばかりの土久呂凶四郎が、いっしょに食していた。

椀田が帯の顚末を報告して、

「ということは、殺された者たちは、大坂か京都から来たのかもしれません」

と、言った。

「上方訛りの話は聞いているか?」

根岸は訊いた。

「いえ、そんな話はまったく」

椀田がそう言うと、凶四郎もうなずいて、

「おいらも聞いてませんね」

「では、京都や大坂の土産か……」

根岸がそう言うと、

「あるいは誰かにもらったか、盗んだかですな」

凶四郎が言った。

「いずれにせよ、着物と帯からはこれ以上、なにか探るのは難しいかもしれません」

「わかった。ほかの切り口を捜してみてくれ」

と、根岸は椀田と宮尾に命じ、

「それで、人相書ができてきたぞ」

根岸は飯を終え、立ち上がって、隣室から紙の束を持って来た。

「ようやくできましたか」

凶四郎が待ちかねたように言った。

「うむ。それでも、神田岩本町のほうは、あるじとよく話していた客がいて、深川のよりずいぶん早くできたのだ」

根岸はそう言って、二枚を三人が見えるように置いた。

二枚並べると、なるほど二人はよく似ている。凶四郎は早いうちから、なんとなく親子のような気がしていたが、その勘に間違いはなさそうである。

「どちらも、近所の者や客に確かめさせると、よく似ているそうだ。さっそく、それぞれで版をこしらえ、百部ずつ摺った」

根岸はそう言って、ここにいる者に自ら配り出した。

凶四郎は源次の分と二枚のほか、立ち寄った飲み屋あたりに貼ってもらうのにあ

と十枚ほど、追加してもらえますかと頼むと、

「それは待ってくれ」

と、根岸は言った。

「貼らないので？」

「うむ。まだ早かろう。貼ってしまうと、それを見て、江戸にいたのが逃亡してしまうかもしれぬ」

「確かに」

「まずは、心当たりのありそうな者だけに見せることにしてくれ。くれぐれも瓦版屋などには見られないようにしてくれ」

「は」

三人は、それぞれ人相書を懐に納めた。これで、事態は大きく進展してくれるかもしれない。

八

「きゃあ」

深川の堀のあいだを悲鳴が走った。出どころは亀屋千両堂あたりである。

おりよく近くにいた凶四郎と源次が駆けつけた。

悲鳴を聞いて、近所の者も棒などを持って出て来ている。その近所の者に、

「どうした？」

と、凶四郎は訊いた。

「どうも泥棒とか押し込みなどではないみたいです」

「そうなのか」

「ほら、あそこで」

指差したところは亀屋千両堂の二階で、窓が開いていた。

「あんたのせいよ！」

娘がひどく怒っているのが見える。

「そう言われてもなあ」

頭をかいているのは、佐野貫八郎である。用心棒として泊まり込んでいるはずだが、なにかしくじったのだろうか。

「いきなり窓を開けるからでしょうよ」

「追いかけるか？」

「猫が逃げたら捕まえるのは無理」

娘はそう言って、凄い勢いで障子戸を閉めた。

まもなく佐野が店の横のほうから通りに出て来たので、

「どうしたんだ?」

と、凶四郎は声をかけた。

「うむ。二階の外のあたりで怪しい物音がしたので、飛んで行って娘の部屋に入り、窓を開けたのだ。すると、いきなり猫が窓から飛び出して逃げちまった。それで娘の怒ること。わたしは馘《くび》だとさ」

「馘にはならんだろう。たかが猫を逃がしたくらいで」

「いや、親からも言われたよ。すまんが、代わりの人を探すとさ。一人娘の言うことには、親はどうしようもないらしい」

佐野はだいぶ落胆している。

「だが、手付けと今月分はもらったのだろう?」

「手付けはもらったが、今月分は日割りだそうだから、一日分だ」

「そうなのか」

大店ほど、ケチでなければやっていけない。

「わたしは押し込みまで期待していたのだ。まあ、あの店なら蔵に三千両くらいおいてあってもおかしくはないのでな」

「皮算用は消えたか」

凶四郎が思わず笑いを洩らすと、佐野は、

「剣で食うのは容易ではない」

恨めしそうに言った。


次の日の朝――。

佐野の顚末を根岸に報告すると、根岸は高らかに笑って、

「土久呂。それかもしれぬぞ」

と、言った。

「それとおっしゃいますと？」

「猫だよ」

そう言いながら、根岸は膝の上の飼い猫お鈴《すず》をくすぐっている。

「猫？」

「猫をあの家から出すのが目的だったこともあり得るぞ」

「たかが猫のことであそこまでやりますかね」

凶四郎がそう言うと、お鈴がこっちを見て、「ばあか」というように啼《な》いた。

九

凶四郎は半信半疑である。

たかが猫のことで、という思いはあるが、旦那や女房より猫のほうが可愛いという声もしばしば耳にする。それだったら、なにをしでかしても不思議はない。

佐野には女がいたことを思い出した。その女のことは与五八も知っていて、

「ええ。けったいな女ですよ」

と、笑いながら言った。

「けったいなのか?」

「見るとわかるんですが、まあ、はっきり言って不細工な女なんです。ところが、ときおり、あれ? って思うほど、可愛く見えるときがあるんです。目をこすって見直すと、やっぱり不細工なんです。あっしだけじゃねえ、何人もの男がそう言ってます。なんなんですかね、あれは?」

長屋の前ですれちがったときは、暗かったし、顔も見ていなかった。

「それは、人柄に魅力があるんだろうが。そういう女は少なくはないぞ」

と、凶四郎は言った。それはたぶん、宮尾玄四郎のほうが専門である。

「うーん、人柄ねえ」

「まあ、それはどうでもいい。その女は佐野といっしょに住んでいるわけではないのだろう？」

「違います。そっちの黒江橋《くろえばし》のたもとで、女の化粧道具を売る店をしていて、けっこう繁盛しています。でも、佐野さまのところには、しょっちゅう来ているみたいですが」

源次とともに、その店に行ってみることにした。店の名は〈美人堂《びじんどう》〉で、女の名はおきんというらしい。

のれんをくぐると、おきんは正面の奥に座っていた。目がナマコのむき身のようにぎょろっとして、鼻は正面から殴られたようにつぶれ、唇が鍛え上げたみたいに太く大きい。そうした特徴をさらに強調するように、化粧も濃い。

凶四郎は一目見て、源次と顔を合わせ、

「ほんとに不細工だな」

もちろん小声で言った。

おきんは、愛想のいい声で、

「あら。町方の旦那方がなんの御用です？」

と、訊いてきた。

「うん。ちょっと訊きたいことがあってな」

「なんでもどうぞ」

おきんがそう言ったとき、

「みゃあ」

という鳴き声がして、おきんの背中のほうから真っ黒い仔猫が姿を見せた。首に紐がついていて、それは横の柱に結びつけられている。逃げないようにしているらしい。

「あんたの猫かい？」

「そうですよ」

「いつから？」

「いつからだっけ？」

おきんはちょっと慌てたように言った。その瞬間である。不細工な顔に、散らかった部屋の居心地の良さみたいな、なんともいえないくだけた表情が浮かんだ。それは、可愛いと言ってもいい表情だった。

「とぼけちゃいけねえよ。昨夜からじゃねえのかい？」

と、凶四郎は言った。

「どうしてそんなこと、おっしゃるんですか？」

「だって、昨夜、亀屋千両堂の二階から、猫が逃げちまったからだよ。順を追うとこういう感じかな。まず、長復寺の池にうじゃうじゃいる亀を使って、首無し亀の騒ぎを起こした。簡単な仕掛けで、飯粒で首の穴をふさぐだけだが、うまく考えたもんだよな。それで、それは亀屋千両堂に悪意を持った者のしわざで、押し込みがあるかもしれないという噂を流したんだ」

「……」

「いま、世のなかは首切り床屋の話で持ち切りだから、亀屋千両堂のあるじもずいぶん怯えてしまった。そこへ、ここらじゃ腕の立つ浪人として知られる佐野貫八郎さんが、用心棒として雇われることになった。それで、佐野さんがなかにいるとき、あんたは外から笹竹でも使ったのか、二階の窓あたりで物音を立てた。すると、佐野さんは飛んで来て、窓を開けると、その拍子に猫は飛び出し、いま、こうしてここにいる」

凶四郎はそう言って、猫に手を伸ばし、喉をくすぐった。猫はごろごろ言い始めた。人懐っこい性格らしい。

「この猫は、もともとあたしの猫だったんです」

「そうなのかい？」

「あたしの友だちの家に生まれた仔猫で、下《しも》のしつけが済んだらあたしがもらう約束だったんです。そしたら、亀屋千両堂の娘が、黒い猫は前から欲しかったと、十両出して買ったんです。十両出されたら、売っちゃいますよね」

「まあな」

「でも、あたしとしては、生意気なお嬢さんに復讐してやりたかったんですよ」

おきんはそう言って、キッと顎を上げた。この顔も、深川芸者に感じるお俠《きゃん》な魅力を感じさせた。本当に不思議な顔である。

「だよな」

源次が賛同した。

「それにしても、ずいぶん、まどろっこしい方法を考えたもんだな」

「ほんとね。でも、亀屋千両堂の二階に入り込める手立てなんて、なかなかありませんよ」

「そうかもしれねえ」

「それに、町方の旦那方は首切りの下手人をなかなか捕まえてくれないし」

「それを言うなって」

凶四郎は苦笑してうなずいた。

佐野貫八郎のところに顔を出すと、一生懸命、銅鏡を磨いているところだった。

「あんたの鏡かい？」

凶四郎はからかうように訊いた。なんだかこの男と話すのが楽しくなってきている。どうにも憎めない雰囲気があり、それはおきんにも感じたことだった。

「わたしぐらいいい男だと、自前の鏡を持っているのだ」

嘘である。おきんに頼まれて売り物の鏡を磨いているのだろう。その証拠に、あと三枚、銅鏡が置いてある。

「いま、おきんのところに行って来たよ」

「そうなのか」

「可愛い仔猫を抱いていたよ」

「ああ」

「黒猫だった」

「うむ」

「亀屋千両堂の二階から逃げたのも黒猫だったらしい」

「そうだったかな」

佐野はようやく、鏡を磨く手を止めた。

「おいらは別にどうだっていいんだ。もしかしたら、押し込みまで話が進展するのかと疑ったが、猫の逃走だけで済んだのでな」

「あのな、正直、わたしも知らなかったのだ」

と、佐野は言った。

「そうだろうと思ったよ。あんたが考えそうなことじゃねえ。女が考えそうなことだったもの」

どこかに細やかさが感じられる計画だった。

「うむ」

「与五八が手伝ったりは？」

「いや。あいつもなにも知らねえ。うまくおきんにそそのかされただけだ」

と、佐野は言って、

「まさか、町方が扱うようなことではないよな。ほんとに亀の首を斬ったりせず、飯でくっつけるなんて、可愛いものだろう。あんなのは悪事とも言えぬぞ。それにわたしも、用心棒代の手付けを二両もらっただけだ」

「そうだな」

もちろん、これを詐欺だの恐喝だのと、町方扱いにするつもりはない。

じつは、わざわざここに来たのは、あることを思いついたからだった。

「あんた、根岸さまの家来になるつもりはないよな？」

凶四郎は遠慮がちに訊いた。

間違いなく、あのお奉行の好きな人間である。佐野にその気があれば、あいだを取り持ってやるつもりだった。

「根岸さまの家来に？」

「それは土佐藩にいたときほどの給金は出せないだろう。ただ、根岸さまのところにいると、剣を活かす機会がいっぱいあるぜ」

凶四郎は言った。

「だろうな」

佐野はうなずいた。もしかしたら、うまく話が進むかもしれない。

さほど思案はしなかった。

「でも、無理だな」

佐野は笑って言った。

「やっぱり」

「根岸さまは人間としては魅力もあるし好きなお人だったが、だいたいわたしは家来とかには向かないのだ」

「だろうな」

佐野を羨ましく感じた。凶四郎自身は、根岸肥前守という上司にも恵まれ、いちおうやりがいのある仕事に従事しているつもりである。それでもどこかで、宮仕えのつらさや窮屈さを感じているのかもしれない。佐野の表情に、屈託や翳《かげ》りなどが見られないのは、この境遇のおかげなのだろう。しかも、あんなに面白い女までいる。

「ま、外から力になれることがあったら、いつでも言ってくれ」

佐野は気安い調子で言った。

「わかった。ところで、これを見てもらいてえんだ」

凶四郎は佐野に二枚の人相書を見せた。

「人相書か」

「いなくなった首切り床屋の二人なんだ」

「ほう」

佐野はしばらく見つめ、伊沢町の金蔵のほうを指差し、

「この男は見たことがある」

と、言った。

「髪結い床でだろう?」

「いや、違う。はて、どこで見たのかな」

佐野はそう言って考え込んだが、なかなか思い出せなかった。

第三章　狸の首くくり

一

神田岩本町の首切りがあった床屋に、椀田豪蔵に宮尾玄四郎、土久呂凶四郎に源次、しめに雨傘屋の六人が集まっていた。待ち合わせたわけではなく、それぞれが調べに動いていて、立ち寄ったところが、偶然、勢ぞろいしてしまったのである。

「よっ。根岸六人衆!」

とでも言いたいところだが、皆、浮かぬ顔をしている。

それに合わせたかのように、家のどこかでスズムシがか細くて哀れを誘う声で鳴いているので、

「今年は風流を味わう余裕もないなあ」

と、凶四郎がつぶやいた。

「この一件をなんとかしないと、世間の目は厳しいままだわな」

椀田がうなずいた。

さすがに世のなかの床屋の入りはもどっているが、それでも客は剃刀に怯えたみたいにそわそわして、この近所の床屋でも、

「誰もいないときはなかなか入って来ませんし、最後の客になりそうなときは、友だちを待たせていっしょに帰ったりするんです。どうも、あたしと客の二人だけになるのが怖いみたいで」

と、語っていた。それもこれも、旦那たちが早く下手人を捕まえてくれないからですよと、そう言いたいのも見え見えだった。

しかし、調べは完全に手詰まり状態である。

事件が起きて十日ほど経つが、わかったことはわずかしかない。

帯が大坂か京都の大丸屋で売れたものなので、殺された二人は江戸の者とは限らないということ。

佐野貫八郎という浪人が、深川伊沢町の床屋の金蔵の人相書の者に見覚えがあること。

それだけなのである。

「こうなると、第三の殺しでも起きてくれないものですかね。すると、多少、取っ

掛かりができるかもしれませんよ」

「雨傘屋、そういうことを言うと、雨傘屋がつい、そんなことを言ってはいかんぞ。とくに御前の前ではな」

宮尾がたしなめ、

「そうだよ。馬鹿だね、あんたは」

しめもすかさず叱った。

「すみません」

雨傘屋がぺこりと頭を下げたとき、

「あ、土久呂さま。ここにいらっしゃいましたか」

奉行所の中間が飛び込んで来た。

「どうした？」

「桜馬場《さくらばば》で死骸が見つかりました。それも、女の首……」

「首？　首だけ？」

「いえ。胴体は獣《けもの》でして」

「……」

皆、一瞬、言葉を失った。

「どういう意味だ？」

凶四郎が訊くと、

「わたしも現場を見たわけではないので」

「わかった」

凶四郎が駆けつけるため床屋を出ると、

「おいらたちも行くぜ」

椀田と宮尾もいっしょに出た。

「もう、今日は仕舞いだろう？」

まもなく陽も暮れようというころである。

「そんな場合か」

もちろん、椀田と宮尾の後から、しめと雨傘屋もついて来た。

桜馬場というのは、昌平坂《しょうへいざか》学問所の西側にある馬場で、江戸市中にある多くの馬場のなかでも屈指の広さを誇る。また、御茶ノ水《おちゃのみず》の崖沿いには桜並木がつづき、花見どきには大勢の人で賑わった。

六人は、息を切らしながら昌平坂を駆け上がる。

手前に辻番があり、当番の武士が外に出ていたので、

「死骸が見つかったというのはどちらです？」

椀田がゼイゼイ喉を鳴らしつつ訊いた。

「む。この並木の端だ」

駆けつけると、すでに人だかりができていた。

「来たか」

中心にいたのは、検死役の市川一岳《いちかわいちがく》だった。

「女の首ですって？」

凶四郎が訊いた。

「ほら」

市川は、嫌な顔で顎をしゃくった。

中間や町役人たちが野次馬を追い払ったその真ん中には、葉が色づいた桜の木の枝の途中に輪をつくった縄がかけられ、ゆらゆら揺れているのが見える。その真下に、岡っ引きが提灯を向けた。明かりのなかに、女の首と、四つ足の首無し死体が転がっていた。

「きゃあ」

と、しめは低く叫び、近づくのをやめた。雨傘屋は口を押さえて遠ざかった。

「なんてこった」

凶四郎は屈《かが》み込んで、首の上と下を凝視した。見たくはないが見るしかない。

どちらも首のところで切断されている。だがその傷跡は、鋭い刃物ですっぱりというのではなく、なにか凄い力で引きちぎられたみたいになっている。

「縄にぶら下がったら、こうなったわけじゃないですよね?」

凶四郎は市川に訊いた。

「たぶんな。だが、こんなのは見たことがねえ。どうやったのか、おいらも考えあぐねてるのさ。昼の光の下で見てみねえとわからねえかもな」

「市川さんでも初めてですか」

女の顔は、目も鼻も口も、小さく整っている。目立たないが、よく見るとなかなかの美人である。化粧次第では、素晴らしい美人になるかもしれない。

「いくつだと思う?」

椀田が宮尾に訊いた。

「意外にいってるね。三十二、三と見た」

「そんなに」

椀田は二十七、八と見たのだ。だが、女の歳は宮尾のほうが見る目がある。

「これは犬じゃないよな?」

四つ足の死骸を見ながら、宮尾は訊いた。

「違うな」

椀田は首を横に振った。

「狐？」

「いや、毛の色を見てみろよ。狸だ」

「でかい狸だなあ」

「本体は、女なのか、狸なのか」

椀田はそう言った。

もちろん、本気で言ったわけではない。場にそぐわない冗談のようなものである。が、そう言ったあと、椀田は自分でも背筋が寒くなった。

二

この怪事件に、瓦版屋たちが色めき立たないわけがない。ましてや、いくらでも大袈裟に脚色できる話である。

翌日の朝には、早くも江戸中にこの事件のことを書いた十種類ほどの瓦版が出回った。

「首切り床屋、今度は女の首」

と、首切り床屋のしわざと決めつけたものもあれば、

「顔は美女、身体は狸」

と、事件の異様さを、毒々しく書きつづったものもある。もちろん、いかにもそれらしい毒々しい絵入りである。

また、別の瓦版では、

「首切り床屋のしわざとは限らず、便乗しただけかもしれないし、あるいは化け物のしわざかもしれない」

と、町方の巨体の同心が語ったとも書いてあった。巨体の同心といったら椀田豪蔵しかおらず、椀田自身は、

「化け物のしわざだなんて、言ってねえだろうが」

と、顔をしかめた。

ところが、その昼ごろになって売られた瓦版の記事には、江戸の人たちだけでなく、町方の人間も驚いた。この瓦版は、『文《ふみ》の春《はる》』と名のついたもので、しばしば江戸っ子の度肝を抜く記事が載るため、町方にも愛読者が多いといわれるものだった。

その『文の春』には、

「桜馬場の奇怪な女の首の下手人は、南町奉行根岸肥前守さまに対して、大胆不敵にも挑戦を突きつけた」

と、あったのである。その理由というのも、

「これは明らかに、根岸さまが書きつづっている『耳袋』のなかの記事を踏んだものである。『耳袋』は、正式に出版されたものではないため、本屋などで購《あがな》うことはできないが、あまりの面白さのため、数多くの写本が出回り、愛読している者は、日本の津々浦々に及ぶと言われている。それは、〈狸、縊死《いし》のこと〉と題されたもので、以下にその記事を引用しよう」

として、その話が丸々、書き写されていた。

その話というのは――。

狐狸妖怪といって、狐と狸は人を化かすことで並べられるが、狸が人を騙すといっても狐に比べたらはるかに劣るもので、魯鈍《ろどん》というにふさわしいことが多い。

近ごろ起きたことなのだが――。

本郷《ほんごう》の桜馬場あたりに酒屋だったか、材木屋だったか、そこに長く働いた丁稚《でっち》あがりの若い手代がいた。

同じ店に田舎から来た女中がいたが、いつしかいい仲になってしまい、いつか夫婦になろうと約束していた。ところが、田舎からその女中に婿を取ることになったので、店から暇をもらって帰って来いと報せが来た。

二人は驚き、かくなるうえは二人で死んで、あの世でいっしょになろうと約束したが、旦那が暇をくれず、なかなかその機会がやって来ない。

そんなある晩、手代が外に出る用があったので、何時ごろに桜馬場で待ち合わせようと申し合わせ、用を済ませてから桜馬場にやって来た。

すると、相手の女中もすでに来ていたので、二人は準備してきていた紐を桜の枝に結び、互いに首に回して、木から飛び降りた。

女中のほうはすぐに縊《くび》れ死んでしまったが、手代のほうは足が地に着いたため、死にそこなってしまった。

そこへ――。

女がもう一人、桜馬場にやって来た。なんと、手代と約束した女中ではないか。

女中は、手代が苦しんでいるのを見て驚き、声を上げると、あたりからも人が集まって来た。誰かが手代に薬などを飲ませて介抱し、ようやく人心地がついたところで、

「どうかしたか?」

と訊ねれば、手代は、これこれこういうわけでと説明する。

「じゃあ、死んだ女は誰なんだ?」

と、ぶら下がっている遺骸を確かめてみれば、なんと総身から毛が生え出しているではないか。

「こりゃあ、狸だ」

大騒ぎになった。

ここまで騒ぎになれば、手代と女中も店のあるじに打ち明けるしかない。

あるじのほうは、これまで実直に勤めてくれた二人が、死まで決意するとはよくよくのこと、わたしが親元を説得してやろうとあいだに立ち、めでたく二人は夫婦になることができた。

それにしても、なぜあの場に狸が現われ、首をつったのか、不思議だという話になった。二人はそれまで、しばしば桜馬場につれ立って来て、未来を相談し合ったりしていたので、狸はそれを聞き、同情でもしたのか。まさか代わりに死ぬつもりまではなかっただろうが、結局、誤って死んでしまい、男女の仲立ちをすることになったのだから、マヌケな狸らしいと人々は一笑したのだった。

以上が『耳袋』の記事の全文である。

場所は同じ桜馬場。しかも、女の首の下は、狸の首無し死体。

これが根岸さまへの挑戦でなくしてなんだろうか？

というのが、この瓦版の訴えるところだった。

これは、読者のみならず、同業者にも相当な影響を与えたらしく、このあと出された瓦版は、いずれもこの記事を踏襲したものとなった。しかも、あの連中の書くことというのは、それに輪をかけ嵩《かさ》をかけ、話はだんだん微に入り細をうがち、ますます本当らしくなる。

とある瓦版では、

「根岸肥前、恨めしや。女の首が、あたしの亭主を無実の罪に……」

とつぶやいたというふうに、絵入り吹き出し付きで、詳しく解説していたのだった。

三

女の首の件も、首切り床屋と同様に、根岸直属の組が担当することになって、現場近くの湯島《ゆしま》五丁目の番屋に集合した。どういう方向を、どう分担して調べを進めるか、それを打ち合わせなければならない。

もちろん誰も、あれが狸が化けたものと思っている者はいない。迷信深いところがあるしめでさえ、

「そんな馬鹿な話があるもんかい」

と、一笑に付した。

検死役の市川からも、

「切ったあとで、それをごまかすような細工がなされてあった。首と胴は、まったくくっつかない。すなわち、別々の遺骸である」

と、改めて報告が来ていた。

ただ、なにゆえにあんなことをしたかについては、誰も見当がついていない。

「ふざけてるのかね」

と、凶四郎が言った。世のなかを騒がせて面白がるやつは、少なくない。だが、あそこまでのことをやるやつは、よほど頭がおかしくなっている。だとすると、さらにひどいことをしでかしかねない。

「恨みじゃないかもな」

椀田が言った。

「どうしてです？」

しめが訊いた。

「恨みにしては、やり口が凝り過ぎている気がするのさ。下手人は、もっと冷静かもしれねえな」

「あるいは、なにか理由があるのか」

と、宮尾は言った。

「理由ですか？」

やはり、しめが訊き返した。

「頭と首を分ける理由だよ。また、妙な神信心がからんでなきゃいいがね」

このところ、そうした事件がつづいたのだ。

「瓦版屋が騒いでいるお奉行さまに対する恨みという線は、どうしましょう？」

源次が訊いた。

「それは、例繰方《れいくりかた》のほうが洗い出すと息巻いているそうだ。おいらたちは、とりあえずそっちは気にせずにおこう」

と、椀田が言った。

「でも……」

と、雨傘屋が遠慮がちに口を開いた。

「首切り床屋と、桜馬場の殺しの下手人が、いっしょとは限りませんよね」

「そうなんだよなあ」

皆、うんざりしたように考え込んだ。

とりあえず、女の身元を明らかにしなければならないが、これも床屋の遺体同様、まだ心当たりのある者が見つかっていない。

女の首は、湯島五丁目の番屋に置いて、まずは町方の定町回りの同心たちに、順に検分してもらったが、皆、首を横に振るばかりである。湯島近辺の番屋の町役人や番人にも見てもらったが、これも駄目だった。

結局、江戸中の番屋から町役人に来てもらうことになるかもしれないが、それだと騒ぎを大きくし、奉行所は何をしている？　という声も大きくなりそうで、そこまではしたくないのが、椀田や凶四郎の本音である。

腐敗が始まる前に、似せ絵のうまい歌川良助に人相書をつくってもらった。これは話を聞いて描くわけでなく、顔を目の当たりにして描くのだから、楽なものである。

これなら版木をつくって摺ったりするよりも描いたほうが速いというので、椀田、凶四郎、しめが持ち歩く分に加えて、根岸の分と、予備の分で、計五枚がたちまちでき上がった。

「ただ、この顔は判別が難しいと思いますぜ。きれいに整ってるけど、この手の顔は化粧だの、表情だの、その場の雰囲気だので、ずいぶん見た目が変わっちまうんですよ」

と歌川良助は言った。

椀田はうなずいて、

「なるほどな。だが、大いに参考にはなるはずだぜ」

と言った。

さあ、これを見せながら、方々、訊いて回ろうか、という段になって、

「それにしても、お奉行の狸の首くくりの話だが、なんか解《げ》せねえよな」

と、凶四郎が言い出した。

「お奉行があれを本気で書いたのかと言いたいんだろう」

椀田が言った。

「狸が人を化かすなんて、まるで子ども騙しの怪談じゃねえか」

「そうなのさ」

「ま、ふつうに考えたら、主人が手代と女中をいぶかしみ、盗み聞きでもしたうえで、一芝居打ったか」

「手代もいっしょになって、女中の里の親を説得するのに成功したか」

「だよな」

椀田と凶四郎の話に、

「あたしもそう思いますよ」

と、しめも賛成した。

「おいらたちですら、かんたんに想像がつくんだぜ。それをあのお奉行が見破らないわけがねえだろうよ」

「そうなんだよ。では、なぜ、お奉行がこんなふうに書いたのかだ」

椀田と凶四郎は首をかしげた。

　すると、腕組みして考え込んでいた雨傘屋が、

「この記事には、お奉行さまの裏の意図を想像するきっかけになりそうな、おかしなところがあります」

　と、言った。雨傘屋の手には、今日の昼に出た『文の春』がある。

「ほう。どこが？」

「この冒頭の文ですよ。ほら、酒屋だったか、材木屋だったかというところです。酒屋と材木屋では、まったく違いますよね。お奉行さまがそこを間違えるわけがないし、調べないはずもないと思うのです」

「なるほど」

　椀田がうなずき、

「そういえば、いま、そこに材木屋はあるが、酒屋は見当たらないよな」

　と、凶四郎が言った。

「ははあ。あの材木屋の手代たちの話なんですね」

　しめが、いまにも見に行きたそうにした。もしかしたら、当の手代と女中は、まだいるかもしれないのだ。

「いや、以前は酒屋があったのだ」

椀田がそう言うと、

「そうか。数年前、急に無くなったな。なにかあったのか？」

凶四郎が思い出したように言った。

すると、それまで黙っていた宮尾玄四郎が、

「皆、さすがだな」

ニヤリと笑って言った。

「なにが？」

椀田は、宮尾を見た。

「わたしは知っているんだ」

「そうなのか」

「というより、坂巻弥三郎《さかまきやさぶろう》から聞いたのだ。これは、御前が仕掛けた罠なのだと」

「ははあ」

「あそこにあった酒屋は、どうも抜け荷の南蛮の酒を売っているのではないかという話が入ってきたらしい。しかも、飲み口はいいが、あとで身体を壊すという危ない酒だ」

「ああ、そんな話があったな」

と、凶四郎はうなずいた。

「それで、ちょうど隣の材木屋で、狸の首くくりの話があり、お奉行はこれを利用し、わざとその噂をばらまいたんだ。それには、栗田次郎左衛門《くりたじろうざえもん》と坂巻がずいぶん動いたらしい」

「なるほど」

「それで、狸に助けられた手代はどれだと、材木屋と酒屋をしょっちゅうのぞきに来るものだから、酒屋は抜け荷の酒を売りにくいし、卸しているほうも、持ち込みにくくなってしまった」

「そりゃそうだ」

「それで、酒屋のあるじが、仕入れのため、昌平河岸まで動いたところを、抜け荷の商人といっしょに取り押さえたというわけだ」

「なるほどな。そういうことだったのか」

一同、納得した。

四

しかし、それは終わっている話で、狸の首くくりの謎解きは、もはや意味のないことである。

問題は、なぜ、桜馬場であのような犯行がおこなわれたかだった。

それについては、瓦版の『文の春』の指摘で、南町奉行所の例繰方は衝撃も受けたし、むしろ発破をかけられたようになった。

「このつづけざまの奇怪な人殺しを止められるのは、わしらだけだぞ」

「そうですとも。われら例繰方というのは、単に起こったことを記録するだけが仕事ではない。その記録の積み重ねのなかから、新たに起きた事件の裏面や、これから起きそうな事件の傾向を推し量《はか》るのも、われらの仕事ではないでしょうか」

俄然、いきり立った。

ふだん、なかなか現場に赴くことができず、地味な下働きに対して持っていた不満が、爆発したのかもしれない。

「仲間の悪党や、悪事をしでかした親兄弟を持つ者などを、徹底して調べあげろ」

「わかりました」

こうして例繰方の面々は、奉行所に泊まり込み、根岸が町奉行に就任してからの文書をすべて調べ直し、ついに、きわめて怪しい事件を見つけ出した。

それは、三年前に南町奉行所で捕縛し、根岸が獄門《ごくもん》に処した押し込みの下手人、板橋《いたばし》の右団次《うだんじ》という悪党が起こした事件だった。

右団次は、板橋宿で芝居小屋の座元をしていた男で、やくざ崩れだった役者を三人ほど引き連れ、江戸で押し込みを三件働き、あるじ夫婦や小僧、女中など合わせて八人を殺し、計七百両ほど奪ったという極悪人だった。

こいつらは、見回りの尋問に引っかかり、数日後には捕まった。

何人も顔を見ており、また、役者のうちの一人が白状したこともあり、裁きでも冤罪を疑うところはまったくなかった。

ただ、右団次は、芝居小屋の座元としては気前がよく、役者たちを一流にしたいといろいろ手助けもしていたらしく、慕う者も少なくはなかった。

そのため、日本橋に首をさらされたときも、板橋から拝みに来る者や、供物を捧げる役者が相次いだ。そのことが、奉行所の記録にあったため、

「役者たちなら、今回のハッタリじみた殺しも不自然ではない」

「その芝居小屋は、当座こそ閉じていたが、いままた再開されているらしい」

「そこに関わる者たちが臭い」

と、色めき立ち、例繰方から板橋に調べに行かせていただきたいという訴えまで出てきたのだった。

「例繰方が直接、出向くのか？」

根岸は驚いて訊いた。

「若手を一人と、奉行所から中間を一人、同行させたいと思います」

例繰方は、与力が二名、同心が四名、ほかに与力の家の者が手伝っている。むろ

ん、外回りに出向くことは、よほどのことがなければない。

「ま、内勤の者も、外で経験を積むのは、いいことではあるがな」

と、根岸は言った。

「できるだけ経費は抑えますので」

「それはかまわんのだが……」

根岸は、自分がそれほど恨まれているような気がしないのである。しかし、それは思い上がりなのかもしれない。

「お許しのほどを」

「うむ。そこまで言うなら、やってみるがよい」

根岸は出張の許可を出した。

かくして——。

板橋宿にやって来たのは、松山昌平《まつやましょうへい》という、この春に見習いから例繰方の同心に昇進した若手である。外回りを希望していたが、達筆を買われ、例繰方となった。当人は、筆よりも剣術のほうが自信があったので、意外でもあり、大いに不満だった。だが、不満を上司や同僚に洩らすほど、松山は軽率な若者ではない。内に向けては、

「例繰方こそ、奉行所の頭脳でしょう」

と、豪語した。そのため、与力にもたいそう受けがよかった。今度の出張をまかされたのも、その受けの良さが幸いしたのだろう。

――なんとしても手柄を立てて帰りたい。

と、松山は意欲満々である。手柄を立てれば、いま、外回りの与力をしている田《た》辺《なべ》正之《まさの》助《すけ》の娘と、縁談が持ち上がるかもしれない。田辺が、松山のことを、例繰方の与力に訊いていたというのだ。もしも、ここで手柄を立てれば、縁談は進み、義父に頼って定町回りに配置換えということも可能になるだろう。やはり、町方の花形は、定町回りなのである。

板橋宿まで来ると、まずは茶店で一休みした。こんなに歩いたのは久しぶりである。両足のふくらはぎが、パンパンに張っている。

「疲れたな」

同行の中間の丈吉《じょうきち》に声をかけた。

「はあ」

丈吉はさほどでもないらしい。中間というのは立ち尽くめが多く、これくらい歩くのはなんともないのだろう。

「定町回りの人たちも、よく水茶屋で休憩を取るのだろうな」

「そうですね」

丈吉はうなずいた。このところは、よく椀田豪蔵と宮尾玄四郎に声をかけられて出張《でば》ることが多いらしい。

「やっぱりなあ」

松山は羨ましそうに言った。

「だが、水茶屋に入るのも、訊き込みのためですよ」

「そうなのか」

「それにあの方たちは、朝早くから夜まで、ほんとによく歩き回ります。楽な仕事じゃありません」

丈吉は、分別臭い顔で言った。

だいたい、奉行所の中間というのは、賢そうな男が多い——と、松山は思っている。それもそうで、中間になっているのは、与力や同心が気の利いた男に声をかけて、給金をもらえるようにしてやったのがほとんどなので、使えそうもないやつは、町方の中間にはなれないのである。

ところが、与力だの同心は、本来は違うのだが、いつの間にか世襲のようになっているので、多少のぼんくらだの低能でもなれてしまうのである。

——中間に馬鹿にされてはいかんぞ。

松山は、胸のうちで、おのれに活を入れた。

石神井川《しやくじいがわ》の少し手前の、当の芝居小屋にやって来た。なかなか立派な小屋で、江戸に持って行っても、三座と張り合えそうである。

ちょうど幕が開くところというので、のぞいてみることにした。

三人のうちの一人が、じつは児雷也《じらいや》で、それを女が問答のうちに見破るという話だった。どうやら長い芝居の一部らしい。

大きなガマに乗った児雷也が見得を切るところで幕が下りた。

およそ半刻（一時間）ちょっとの芝居だったが、喝采が起き、舞台にはたくさんのおひねりが飛んだ。客は五、六十人入っていて、たいがいは旅人のようである。

「うむ。なかなか面白かったな」

松山がそう言うと、

「それより旦那。楽屋に回りましょう」

と、丈吉にせかされた。

「そうだったな」

いきなり楽屋に入ると、目の前にいた役者が、着替えの最中だったらしく、

「きゃあ」

と、言った。さっき舞台で娘役だった役者である。

「おっと、すまん」

松山は慌てて外に出てから、

「え？」

あの役者は、男が扮していたのではないのか。それとも、こういう田舎芝居は歌舞伎ではないのだから、女の役者が出ていたのか。松山は混乱した。

するといっしょに入っていた丈吉が、

「話を訊きたいんだがね」

と、別の役者に声をかけ、

「それなら、いまから向かいの飯屋で昼飯を食うので、そっちのほうで」

ということになった。

「町方だと名乗ったのか？」

松山は丈吉に訊いた。

「いや。椀田さまも宮尾さまも、いちいち名乗ったりはしませんよ。相手に威圧感を与えたり、さりげなく訊いたり、まあ、そこらはじつに臨機応変ですね」

「そうだろうな」

松山は、鷹揚にうなずいた。

先に飯屋で待っていると、まもなく役者たちがぞろぞろと入って来た。ざっと十

二、三人で、さっき悲鳴を上げた役者もいるが、髪は後ろで束ね、派手な着物の着流しで、男なのか女なのかは、松山には判断できない。
「飯だ、飯だ」

役者たちはいっせいに注文した。品書きなどはなく、飯は決まったおかずらしい。

松山もつられたように飯を頼み、話しかける機会を窺《うかが》った。

すると、さきほど丈吉が話しかけていた児雷也を演じていた役者が、

「すみません。お待たせして。あっしが座長をつとめる中村玉十郎《なかむらたまじゅうろう》です」

腰をかがめながら、そばに来て座った。

「あ、うむ」

松山は、いきなり怪しい一団の頭領と向き合ったので、緊張し、

「なんだな。つまり、その、ここの座主は以前、江戸で押し込みを働き、獄門首になったのだったな？」

と、訊いた。

すると、少し離れていたところに座っていた娘役の役者が、

「あら、その話？」

というように、松山を見つめてきた。かなりの美貌なのだが、男なのか女なのか、まだわからない。それを訊きたいと思っているうち、

「そうなんですよ。それであっしらも、ひどい苦労をさせられました。まさか、あれほどのことをしでかすとはね」

と、座長は恐縮したように言った。

「ううむ。さようか……」

松山は次の問いが出て来ない。すると、わきから、

「役者にはやさしかったと聞いたぜ」

と、丈吉が言った。

道々、丈吉には、松山がここに来ることになった経緯を詳しく話しておいたので、そこらもわかっている。

「いま、思えば、表面だけでしたがね」

「どういうこと？」

まるで、芝居好きの遊び人みたいな口調で、丈吉が訊いた。

「芝居は儲からねえ、給金は少ししかやれねえが、芝居をやる楽しみなんざ、ふつうの人間には味わえねえ。そう思って辛抱してくれって。あっしらも、まあ、そういうもんかと思ってましたよ」

「違うのかい？」

それも丈吉が訊いた。

「ええ。いざ、自分たちで興行を張りますと、これが意外に儲かるんですよ。それはそうで、芝居なんざたいして元手の要ることじゃねえ。しかも、幕間《まくあい》に茶だの菓子だのを売りますでしょ。あれの入りが馬鹿にならねえんですよ」

座長がそう言うと、向こうで娘役の役者が、肩をすぼめてにっこり笑った。そんなしぐさがやけに愛らしい。松山はますます、頭がぼんやりしてきた。

「なるほどな」

丈吉がうなずいた。

「加えて、芝居の終わりには、ひいきの役者におひねりが飛びますわね。あれがまた、毎回、けっこうな額になるんです。以前は、ぜんぶ座元のところに行ってたんで、あっしらはどれくらいもらってるのかわからなかったんですがね」

「今日も、四、五十は飛んでたよな」

丈吉は、娘役の役者を指差して、笑いながら言った。

「そういうのを合わせて、ちゃんと分けますと、充分、食っていけるんですよ。いったいあの座元はどうしてたんだと思ったら、王子《おうじ》と巣鴨《すがも》にたいそうな別宅をつくって、そこに妾が二人ずつですよ。ここじゃ、いかにも渋く暮らして、あっちに行っちゃあ贅沢三昧。まあ、正体を知ったら、呆れるばかりですよ。挙句には、押し込みでしょう。まったく、すっかり騙されていましたて。あたしらも、宿場の信用を取り戻し、ふたたび芝居がやれるまで、二年近くかかりました。ま、おかげで近ごろは江戸のほうから、あっしらの芝居を観に来てくれるくらいになりましてね。それで、今度はあの座元を題材に芝居をやることにしてましてね」

「ほう」

丈吉は、興味深そうに身を乗り出した。

「題も決まってましてね。『赤鬼裁き・嘘つき右団次地獄舞台』といいまして、あの座元が南町奉行の根岸肥前守さまに裁かれるって話でしてね」

座長がそう言うと、向こうから娘役の役者が、

「主役はあたしよ。あの悪党をどんだけ憎たらしく演じてやろうかと思って」

と、声をかけてきた。

「だそうですぜ」

丈吉はそう言って、松山を見た。

「……」

松山は黙ってうなずきながら、定町回り抜擢の夢が遠ざかるのを感じていた。

五

この日の夕方——。

南町奉行所を、一人の女が訪ねて来た。やけに化粧の濃い、美人とはとても言い難い女である。

門の前でたまたま声をかけられたのは、もどって来たばかりの宮尾玄四郎だった。

「ほう」

宮尾の目が輝いた。久々に好みの女を見た気がする。

女は奉行所のなかをのぞき込むようにしながら、

「土久呂さまにお会いしたいのですが」

と、言った。

「土久呂になんの用だい？　わたしじゃ代わりにならないかな」

宮尾は近ごろ、椀田豪蔵の姉のひびきにあまり相手にされないので、なんとなく寂しい気がしている。だいたいが、毎日、女相手にへらず口を利かないと、一日が終わった気がしないのである。

「いや、土久呂さまに」

女は頑なに首を横に振った。

「わかった。取り次ぐよ」

宮尾はしょうがないというように肩をすくめ、同心部屋に入った。

土久呂凶四郎は、これから仕事の夜回りが始まるので、奉行所を出る前に、今日の仕事を確認しているところだった。行き当たりばったりのように見えて、意外に計画的だったりするのだ。

「おい、土久呂。凄い美人があんたを訪ねて来たぞ」

「誰だろう」

凶四郎もそんなふうに言われたら、ワクワクしてしまう。

「わたしも、憧れの人がいなければ、ちょっと手を出してみたいくらいだ」

宮尾はそう言った。どうも、宮尾の憧れの人というのはひびきで、真面目に惚れているらしいのだ。

——そうか。宮尾がいうところの美人か。

有名な宮尾の性癖に思い当たり、期待するのはやめにして、門のところに向かった。

「ああ、土久呂さま」

深川で化粧道具屋をしているおきんだった。なるほど、これはまさに宮尾の好みである。

「どうした？」

「佐野さまが思い出したそうなんです」

「あの人相書のことか？」

「ええ。それで、向こうで待ってるので、お出で願えれば」

「なぜ、ここに来てくれぬ？」

「あの人、こういうところは嫌なんですよ」

「奉行所が？」

なにか脛《すね》に傷でもあるのだろうか。

「いいえ。お武家さまが集まっているところが嫌なんですよ」

「なんだ、それは？」

土佐藩の藩士だったのだから、藩邸にいたのだろうが、なにを言っているのか。

もしかして、土佐藩の話はホラだったのか。

しょうがないので、おきんの後をついて行く。

数寄屋橋《すきやばし》を渡り、尾張町のほうへ向かうと、左手の弥左衛門町《やざえもんちょう》の角に、

「やあ、こっちだ」

佐野貫八郎が手を振った。

「すまんな。呼び出したりして」

「そんなことはかまわんが、なんだ、武士が集まっているところが嫌だというのは？」

凶四郎が訊くと、佐野は照れたように頭を掻き、

「そうなんだよ。自分でも不思議なんだがな。藩邸だの奉行所だの堅苦しいところ

に行くと、身体が固まったみたいになるんだ」

「あんた、土佐藩士だったんだろう？」

「だから、毎日、固まったみたいに暮らしていたんだ。つらい毎日だったよ。根岸さまには、侍は刀で食うのが本筋だから、藩を抜けたみたいに言ったが、じつは苦しくていられなかったんだ。息苦しくて」

「ふうむ」

そう言われてみると、凶四郎もわからない気もしないでもない。夜、眠れなくなったばかりのころは、それに近い気持ちになったこともあった。

「それで人相書の件だがな」

と、佐野は言った。

「うむ」

「わたしは、江戸に出て来る前は、京都にいた」

「そうなのか」

「京都の土佐藩邸に詰めていたのだ。それで、江戸詰めを命じられたのをきっかけに、十六になった甥に家督を譲ったうえで、藩を離れた」

「そうだったのか」

「浪人の身分になって清々したけれど、たつきの道がない。そこで、剣には自信があるから、用心棒をすることにした。それで、土佐藩御用達の米穀問屋若松屋のあるじに頼み込んで雇ってもらった。ちょうど、大金が動く時期だったのでな」

「ほう」

「そのとき、店の裏手を見張っているみたいな気配のある男に目をつけたのだ。それが、あの人相書の男だった」

「それで、どうした？」

「後をつけ、住まいを確かめた」

「髪結い床だったか？」

「そいつがあるじじゃなかったが、髪結い床に入った」

「おやじのほうか」

「わたしは、面倒なことになる前に、悪事の芽は摘んだほうがいいと思い、そいつを外に呼び出して、お前、妙なことを考えてないだろうな、わたしは若松屋の用心棒だが、下手なことをしたら、遠慮なく斬るぞと脅したら……」

「ああ」

「真っ青になって、なにも言わなかった」

「その店になにかあったか？」

「なかった。だが、わたしがあのときあいつを脅さなかったら、押し込みはあったかもしれぬ。そのあと、住み込みの女中が一人、急にいなくなり、あるじのところに出入りしていた者が何人か、ぴたりと行方がわからなくなったということを聞いた」

「それは……」

間違いなく、押し込みの準備が進んでいたのだ。店の見取り図がつくられ、女中が手引きして、押し込みに入る寸前まで行っていたのだ。

「結局、なにも起きなかった」

「それはあんたの手柄だよ」

「やっぱり、そうか。芽など摘まずに、報奨金を吹っかけたほうがよかったかかな」

「かもしれぬ」

「あの男だ。いなくなった床屋は」

と、佐野は言った。

「自信があるか？」

「間違いない」

「いい話を聞いた」

凶四郎はすぐにも根岸に伝えたかったが、お城の会議が長引いているらしかった。

六

夜になって――。

お城の会議を終えてもどった根岸を、元老中の松平定信が訪ねて来た。定信はどうも、忙しいときを狙って、訪ねて来るようなふしがある。根岸としては、首切り床屋の件も狸の首くくりの件も行き詰まっていて、定信の相手をしている暇はないというのが正直なところだった。先ほどは、例繰方から、疑っていた板橋宿の芝居小屋の件は、見込み違いだったという報告もあった。どこかで、当たってくれていると期待していたらしく、根岸は意外に落胆した自分の気持ちに驚いたものだった。

「〽梅は咲いたか、桜はまだかいな」

季節外れの唄などうたって、定信はひどくご機嫌である。

「会合ですか？」

「うむ。骨董のな、道楽者の集まりよ」

「それはそれは」

定信は、根岸の仕事机の横に座った。私邸のほうならまだしも、こちらでは夜なので、茶を出すこともできない。

「ところで根岸、聞いたぞ」

「なんでしょうか？」

「そなた。だいぶ恨まれているそうだな」

定信は嬉しそうである。

「わたしがですか？」

「文の春に載ったらしいな」

「ああ、あれですか」

どうやらその会合で、誰かに瓦版を見せてもらったらしい。

「あそこは、しょっちゅう、いいネタを書くよな」

「そうみたいですが」

「まあ、町奉行をしていて、誰にも恨まれぬなどということはあり得ぬからな」

「そうかもしれません」

「下々のためによかれと思ってすることが、恨みを買うのだ。だから、老中の恨まれようといったら、町奉行の比ではないぞ」

「ははあ」

定信は、根岸が恨まれているのが嬉しいというより、同じ体験をしていることが嬉しいのだろう。定信は、坊ちゃん育ちだから、そこまで人は悪くない。

「しかも、悪党の恨みなど、単純なものだろう。わしに向けられる恨みは、陰湿極まりないからな」

「確かに」

「根岸、そんなものを恐れては駄目だ。そういうときは、もっと恨まれるようにするべきだぞ。逆に睨みつけてやれ。たまには肩の彫り物を見せてやれ。近ごろ、あまり見せておらぬのではないのか」

「いや、まあ」

そう言ったとき、根岸の脳裏で何かがはじけた。

それがあったのを忘れていた。

「御前のおかげで、気がつきました」

「わしのおかげで？」

「いや。わたしも自らを省みればよかったのですが、凡人はしばしばそれを忘れます」

「まあな。で、どういう意味だ？」

「いや、いまはまだ」

「そうか。詳しくは訊くまい。じゃが、気づいたのはいいことだった」

「まったくです」

定信は部屋をぐるりと見渡し、

「では、帰るか」

と、言った。どうも小腹でも空いてきたらしい。

定信は、ふたたび季節外れの唄をうなりながら帰って行った。


土久呂凶四郎が、佐野から聞いた話を根岸に報告できたのは、翌朝になってからだった。

「京都でな」

根岸は嬉しそうにうなずいた。

「帯の出どころと符合しますね」

「うむ。盗人《ぬすっと》一味の内輪揉めだな」

と、根岸は言った。

「出入りしていた者が来なくなったと言ったな?」

「はい」

「おそらく医者と揉み治療の者だろう。医者は坊主頭、揉み治療の者は盲目だ」

「あ」

「首を隠せば、それはわからぬ」

「確かに」

佐野はたいへんな手がかりを教えてくれたのだ。

「それで、狸の首くくりだがな」

「ええ」

「あれをやったやつは、たまたま思いついて、わしの『耳袋』の話に引っかけたのだろう」

「やはり」

「だが、本当の狙いは床屋といっしょなのだろうな」

「ということは？」

「首から下に女を特定できる特徴があるのさ」

「首から下に？　ほくろとか？」

「あっはっは。よほど親しいならともかく、ほくろじゃ身元はわからんさ」

根岸は笑った。

「ということは？」

「彫り物だろうな」

根岸はそう言って、意識しないまま、左の肩に手をやった。赤鬼の彫り物がかすかにうずいた気がした。若き日の、愚行の名残り。

「女の彫り物ですか？」

「そうさ」

「やくざの女房あたりですか?」

「やくざの女房だったら、すでに身元は知れてるさ」

「確かに」

凶四郎はうなずいた。そんなことがあろうものなら、連中が騒ぎ出さないわけがない。だが、今回、やくざ連中に目立った動きはない。

「でも、顔は知られていないが、彫り物は知られているなんて、そんな女がいますか?」

「いるのかもしれんな」

「彫り師を当たりますか?」

生憎、凶四郎はそっちのほうは詳しくない。つい、根岸の左肩のあたりに目が行った。

根岸は、凶四郎の視線を感じたのかどうかはわからないが、ニヤリと笑って言った。

「腕のいいので評判なのは、浅草のちゃり文《ぶん》、松島町《まつしまちょう》の奴平《やっへい》、神田の達磨金《だるまきん》、小網町の唐草権太《からくさごんた》、それと深川の清吉《せいきち》、ここらで訊いてみるといいだろうな」

七

彫り師を当たるのは、凶四郎だけでなく、椀田と宮尾、しめと雨傘屋も手伝った。

浅草のちゃり文は、凶四郎と源次が訪ねた。だが、ちゃり文は去年の暮れに中風で亡くなっていて、弟子の居場所を尋ね、本郷《ほんごう》に向かった。さんざん苦労して、居場所を突き止めたのだが、結局、

「師匠は、女ってのは肌がいいが、痛みに耐えきれず、途中でやめちまうので、いいものが彫れねえとぼやいていました」

という話を聞いただけだった。

つづいて朝早くに松島町の奴平を訪ねると、

「あっしは女には彫りません。彫り物を入れるような女は、あっしは嫌いですのでね」

きっぱりと言った。

神田の達磨金は、しめと雨傘屋が訪ねた。

達磨金は女房が湯屋をしていて、その二階が仕事場になっていた。

「あっしらは、客の話はしねえもんでね」

と、達磨金は粋がったが、

「根岸さまから、達磨金に訊くように言われたのだがね」

しめは根岸の名を出した。

「おっと。それを早く言ってもらわねえと。赤鬼さまに睨まれちゃ、しょうがねえや」

ここでも、根岸の威光はものを言う。

「一目であいつだとわかるような彫り物を入れた女はいるかい？」

「女で？　女となると、そうはいないね」

「だろうね」

「鳳凰を彫ったのがいて、札差の女将になった。ただ、歳はもう五十を過ぎただろうな」

と言うので、これは当たらない。

さんざん考えたが、達磨金は思い当たらないとのことだった。

つづいて、しめと雨傘屋が小網町の唐草権太を訪ねると、権太はちょうど誰かの背中に彫りを入れているところらしく、

「うわっ。もう、いい。やめてくれ」

凄まじい悲鳴が表にまで聞こえてきた。

しめと雨傘屋は、思わず顔を見合わせたが、開いている玄関からなかに入って、奥をのぞいた。奥の間に、男がうつ伏せに寝ていて、権太が背中にのしかかるように針を入れていた。

「なに言ってやがんだ」

と、権太が言った。

「痛くてたまらん。おれは、もう、彫り物はやめた」

「あんた、竜の彫り物をここでやめてみな。顔のある蛇だぞ」

しめは思わず笑った。確かにそうである。

「この際、蛇でもかまわねえよ」

「駄目だね。こんなんで湯屋に行ってみな。子どもが指差して笑うから」

「そうなのか」

「鱗《うろこ》がなくちゃ、かっこつかねえだろうが。ぬめっとした竜は変だろうが」

「だが、この痛みはなんとかならねえのか」

「あんた、やくざだろうが。刺されたら、もっと痛いだろう。斬られたらこんなもんじゃねえだろう」

「どっちも、ブスッとやられるか、バッサリ斬られるかだ。こんなに、じくじくと穴開けられる痛みよりましだろうが」

「馬鹿言え。こんなもの、女だって耐えるんだ」

権太は、こんなに深々と入れるのかと思うほど、ブスッと針を入れた。

「ああっ」

男は悶絶し、声を上げて泣き始めた。

「しょうがねえ。今日は、ここまでだ」

権太は疲れたように首を回し、針を納めた。

「助かるぜ」

やくざは這《ほ》う這《ほ》うの体《てい》で帰って行った。

それを見送って、

「たいした騒ぎだったね」

と、しめは言った。十手を取り出し、権太に見えるようにしている。

「あっしは、騒ぐやつほど、痛くしてやるんでね」

「なるほどね」

あれはわざと痛くしていたのだ。

「それで、町方が何の用ですかい？」

しめは、桜馬場の女の首の件で、彫り物をしていた疑いがあることを語った。

「なるほどねえ。女の彫り物となると、われながらいいできだと自信があるのは三人だね。歳？　彫ったのは十年ほど前だが、いまは皆、三十前後になっているだろうね」

と言うので、急いで人相書を見てもらった。

「残念だが、違いますね。あっしが彫ったのは、この女じゃありません」

権太は一目見て、首を横に振った。

深川の清吉を訪ねたのは、椀田と宮尾だった。住まいは、伊沢町にも近い黒江町《くろえちょう》の裏店だった。

ところが清吉はおらず、美人の女房によると、人の肌に彫るよりもやはり紙に景色を描きたいというので、彫り師をやめ、もともと浮世絵師だったが、またそっちにもどって、いまは房州のほうに旅に行っているということだった。

だが、幸いにも翌日には江戸にもどって来たと報せが来たので、椀田と宮尾はさっそく駆けつけた。

「彫り物でどこの誰かすぐにわかる女？　あっしの場合ですと、二人います。一人は、紅梅白梅を彫りました。背中から花の香りがしてくるほどの出来栄えでしたよ」

「それはどこの誰かわかるか？」

椀田が訊いた。

「そこにいますよ」

美人の女房を指差した。

「ははあ」

彫るうちに情が移ったのか、それともでき上った彫り物を誰にも見せたくなかったのか、椀田には後者であるように思えた。

「もう一人は、女郎蜘蛛を彫りました。彫り終えたあと、とんでもねえものを彫っちまったと思いましたよ。魔性の生きものになりました。あんな魔性の生きものを背中に這わせていたら、あの女も尋常な人生は送れねえでしょう」

「幾つくらい？」

「いま、三十二、三」

椀田は宮尾を見た。宮尾がうなずいたのは、期待が高まっているのだ。椀田は懐に手を入れながら、

「人相書を見てもらいたいんだ」

と言った。

「それが見てもわからねえんです」

「どういうわけだよ？」

「あっしのところに来るときは、いつも顔を隠していたんです」

「なんてこった」

どうにも怪しい。椀田は、本命に当たったような気がしている。ところが、確かめようがないのだった。

八

「いま、帰ったぞ」

椀田はできるだけ明るい口調で言った。つねづねそうだが、とくにいまは、仕事の憂鬱を家に持ち込みたくない。

「お帰りなさいませ」

小力が奥の部屋から玄関口へ出て来ようとするのを、

「いいから、いいから。急に立ち上がったりすると、立ち眩《くら》みが起きたりするだろうが」

「大丈夫ですよ」

「いや。いまは、身体がいちばんだから」

椀田はさっさと、自分で羽織を脱ぎ、刀を取って、居間に腰を下ろした。

「いま、夕飯の支度を」

小力が用意してあった膳を持って来た。

「すまんな」

おかずは、ヒラメと豆腐の煮つけに、もらいものの沢庵、そして菜っ葉の味噌汁である。口にすると、煮つけは案の定、甘い。

甘過ぎるが、それは言わない。甘いのに慣れればいいだけの話だと、自分に言い聞かせている。

味噌汁はというと、これはいつもどおりにかなりしょっぱい。小力はしょっぱくないのかと、いままでも何度かそっと表情を窺ったが、どうもそんなことはないらしい。だから、これも慣れればいいだけなのである。

だが、じっさいには甘さにもしょっぱさにも、なかなか慣れることはできないでいる。その分、飯をいっぱい口に含んで食うようにしている。そのため、飯はいつも四杯ほどおかわりしてしまう。

最後は、ちょうどいい味の沢庵で、晩飯をしめくくった。

「うまかった」

と言い、

「どれ、洗ってしまうか」

椀田は立ち上がった。朝は無理だが、夜の洗いものはこのところ椀田がやっている。

「そんなこと、あたしが」

と言いつつも、小力はけっこう腰が重い。

「いいんだ。夜はあまり手を冷やさぬほうがいい」

「そうなのね」

椀田は、台所に膳を運び、慣れた手つきで食器を洗い、棚に片付けた。ついでに、台所の床も雑巾で拭いた。

居間にもどると、小力が言った。

「お前さま」

「うむ」

「首切り床屋はまだ捕まりませんか？」

「誰に聞いた？」

いままで言わずにきたのである。

「力丸姐さんから。今日、日本橋まで出た帰りだって、訪ねてくれたの」

「そうか」

どうもできたらしいと椀田に告げた日に、小力は力丸を訪ね、それから置屋のほうに二人で行っていろいろ話し、先輩芸者の話などから、「まず間違いない。これからは、できたと思って暮らしたほうがいい」という忠告をもらって帰ってきたのだった。今日は、力丸は小力の調子を訊くために、立ち寄ったらしい。ややのことを知っているのに、小力に話さなくてもいいものをと、内心、力丸を恨めしく思った。

「それは、あたしから頼んだのよ。なんか、豪蔵さんが湯屋に寄ってから帰って来ることがあっておかしいと言って、相談したの」

「湯屋に寄ってたのは気づいていたのか？」

「気づかないわけないでしょ」

「そうか」

相変わらず、小力は鋭い。

「それに、狸の首くくりの話も」

「それも聞いたのか」

「豪蔵さんはなにも話してくれないと言ったら、それは小力ちゃんの身体を心配しているからよって」

「まあな」

椀田は照れて、頭を掻いた。この巨漢は、いまだに小力のことが大好きだし、子どものころから根がやさしいのである。

「それで、力丸姐さんは、もしかしたら女は彫り物を見せたくないので、首だけにされたのでは？ って言ったの」

「力丸さんが？」

まさか、お奉行が話したのか。だが、根岸がそんなことをするわけがない。解決できない調べのことは、いくら相手が力丸でも語ることはない。ということは、力丸の勘が閃いたのだろう。力丸の勘の良さは、つねづね根岸も語っていた。

「それでね、あたし、彫り物があるという三味線の師匠の話を思い出したの。なんでも、凄く怖い、蜘蛛の柄なんだって」

小力は思わぬことを言った。

「知ってるのか、その人を？」

「習ったことがあるの。でも、江戸からいなくなったみたい」

「いくつくらいの人？」

「もう三十二、三」

歳は合っている。清吉が言っていたのは、女郎蜘蛛だった。さぞや怖い蜘蛛だろう。

「力丸さんも知ってる人かい？」

「力丸姐さんは知らないって」

「これを見てくれ」

と、椀田は人相書を取り出した。

「これがその首の絵なんだ」

小力は眉をひそめながらも、じっとその絵を見て、

「ああ、これじゃわからないよ。化粧によって顔が変わる人だったし」

歌川良助が言っていた通りである。

となると、実物を確かめてもらいたいが、それには生首を見てもらうことになる。

いま、お腹にややがいるかもしれない小力に、そんなものを見せていいものだろうか。

——いいわけがねえ。

椀田はどうしたらいいのかわからぬまま、小力の顔を見つめた。

第四章　素敵な生首の見せ方は

一

これほどの衝撃は初めてだった。身体の震えが止まらない。このまま中風の発作でも起こしてしまうのかもしれない。

――おれのせいなのか……。

死ぬほど惚れていたまさゑが殺されてしまった。

いま、瓦版が騒いでいる桜馬場の首。あれは、ぜったいまさゑに違いない。やはり、あのとき捕まってしまったのだ。築地《つきじ》の隠れ家にいたとき、藤吉《とうきち》と金蔵《きんぞう》はいきなり踏み込んで来た。ドスをかざし、

「あんたが、おれたちの取り分をごまかし、大金を隠してるのは、見当がついてるんだ。金のありかを吐いてもらおうか」

そう言って、まさゑにドスを突きつけようとした。

だが、咄嗟《とつさ》におれは、火鉢のやかんをやつらにぶつけ、ひるんだ隙《すき》にまさゑの手を引いて、外へ飛び出したのだった。あのあと、こんなときもあろうかと、用意していた小舟にまさゑを乗せ、おれはやつらを誘うようにしながら、別の道を逃げた。まさゑには、伏せて身を隠すように言い聞かせ、流れに向けて舟を押し出したのだが、結局、怪しまれてしまったのかもしれない。あのとき、いっしょに舟で逃げたほうがよかったのだろう。

それにしても、築地の隠れ家がやつらに知られていたのは意外だった。まさか、この場所も……？　いや、それはない。ここはまさゑにさえ教えてなかったのだ。あいつらがわかるはずがない。

――それにしても、なんとひどいことを……。

瓦版には、胴は持ち去られ、首だけが残されて、狸の胴といっしょにされていたと書いてある。なんという悪意、そこまでまさゑを憎むことはないだろう。しかも、それは根岸肥前守への挑戦だと書いてある瓦版もある。本当だとしたら、なんと馬鹿なことをやったのか。おれがしょっちゅう、根岸の怖さを語っていたのが、あいつらを逆に刺激したのかもしれない。だとしたら、あいつらは墓穴《ぼけつ》を掘ったことになる……。

深川と神田の床屋で、別々に首無し死体が見つかったと、瓦版で知ったとき、おれはすぐに、殺されたのは良弦《りょうげん》と宗助《そうすけ》だと確信した。もちろん、やったのは藤吉と金蔵だということもわかった。あの親子は、おれの仕事を手伝う前は、おやじの藤吉は床屋で、息子の金蔵は庭師の道を進んだが、近ごろは床屋のほうを手伝っていた。

首を持って逃げたわけもわかっていた。良弦は医者の坊主頭、宗助は両目がつぶれているので、身元や素性が突き止められやすい。となれば、京都や大坂の押し込みとの関わりが明らかになり、あいつらに疑いがかかるかもしれない。あいつらは、自分たちがしてきたことは隠そうとしたうえで、おれを脅しにかかってきたのだ。

──まさか、あんなことまでやるとは、おれも見くびっていたかもしれない。

おれは、江戸では一度も押し込みを働いていない。そのわけは、根岸に捕まりたくねえからだ。若いころの仲間の根岸に、落ちぶれたおれを見せたくないし、あいつだって、そんなおれは見たくはないだろう。ぐれていたおれに、

「お前は真面目にやったほうが成功するはずなんだがな」

と、そう言ってくれたのも根岸だった。あいつにそう言われて、おれはどれだけ嬉しかったことか。いまも、あのときのことはよく覚えている。

根岸と知り合ったのは、あいつがまだ銕蔵《てつぞう》といって、鉄砲洲《てっぽうず》の五郎蔵《ごろぞう》と張り合っていたころだった。おれは、霊岸島界隈では敵無しの暴れん坊で、築地には銕蔵って悪いのがいると聞いて、わざわざ会いに行ったものだった。胆《きも》の太い、懐の深い悪党という匂いをぷんぷんさせていたっけ。大物然とはしていたが、まさかあいつが侍のところに養子に入って、あそこまで出世するとは、露ほども想像できなかった。

そういえば、おれが小網町のやくざと揉めたとき、あいつに応援を頼んだことがあったっけ。あいつは、二つ返事で引き受け、それからあいつが話し合いに持ち込んで、双方を丸め込んでしまったものだった。あのころから、あいつは裁きの才能があったのだ。

おれが、成功しかけた商売に結局失敗し、悪事でひと稼ぎしようと決意したときは、根岸はまだ町奉行にはなっていなかった。大坂、京都で押し込みをしたのは逃げやすいからと考えてのことで、江戸でやるまいと決めていたわけではなかった。だが、三年ほど前にあいつが南町奉行になっていると風のたよりに聞き、そのため江戸は避け、名古屋、仙台とやって、最後にまた大坂にもどって、きわめつけの大仕事を成功させた。

最後の仕事で奪った金は三千両。だが、子分たちには千両ということで山分けにした。なんで、二千両をそっと隠したことが知られたのか。いや、それだけでなく、ずっとやつらの取り分を少なくしてきたのも知ったのかもしれない。荒っぽいだけの連中じゃなかったということなのだろう。

だが、どうせ藤吉と金蔵の親子は、いくら分け前をやろうが、豪遊して金をばらまき、バクチでなくしちまうだけなのだ。良弦と宗助は、すでに一生かかっても使い切れないくらいの金は貯めていたのに……。その金も藤吉と金蔵に奪われてしまったかもしれない。こうなる前に、こっちが先に刺客でもなんでも雇って、始末すべきだったのだ。そうしておけば、良弦も宗助も、そしてまさゑも、死なずに済んでいただろう。おれが馬鹿だったのだ。

おれが押し込みを始めたきっかけは、まさゑに出遭ってしまったことだった。

——そうさ、あれは五年前だった……。

あいつと深川の賭場で出会って、たちまち惚れちまった。三味線の師匠をしているということだったが、おれはあいつになんとも言えねえ、別の国の生きものでも見るような魅力を感じてしまった。前の女房は病で亡くしていたが、まさゑを知ったとき、おれはずっと昔からこの女を捜していたのだという気がした。

「盗人をしてでも、お前にいい暮らしをさせてやるぜ」

と、おれはまさゑに言った。

「それはケチな盗み？」

と、まさゑは訊いた。

「いや、でかい悪事だ。それで大金を摑んだら、もういっぺんでかい商いをやるんだ。でかい悪事より、でかい商いのほうがはるかに儲かるからな」

おれはそう言った。

「あたし、大きい悪事のやれる人に憧れていたの」

そしてまさゑは、おれに背中いっぱいに刻まれた女郎蜘蛛の彫り物を見せて、こう言ったのだった。

「この彫り物に見合うくらいの悪事だよ」

と。

二

椀田豪蔵は奉行所に急いでいた。

まずは、小力が思い出したことを、お奉行に早く伝えたほうがいい。今度の件では、お奉行もずいぶん肩身の狭い思いをしているに違いないのだ。評定所《ひょうじょうしょ》では、調べがどうなっているか、幕閣たちにしょっちゅう説明を求められているというし、江戸の髪結い床の有志からも、早く下手人を捕まえてくれと嘆願書が来ていた。ましてや、『耳袋』の記事をダシにされ、内心はかなり怒っているはずだった。

奉行所に行くと、たったいま私邸のほうにもどったというので、そちらへ向かった。

根岸はちょうど遅い晩飯を取るところだった。

「おう、椀田。いっしょに夜食をどうだ」

と、いつもながらの落ち着いた口振りだった。

「飯はすませました。それよりじつは、小力が驚くことを知ってまして……」

そう言いかけると、

「うむ。さっき、わしのところにも力丸から報せが来たよ」

「そうでしたか」

さすがにあの人は、やることが早い。下手したら、おれのもどりが遅く、報告は明日になってしまうと考えたのかもしれない。伊達《だて》にこのお奉行の想い人をやっているわけではない。

「その女について、小力はたぶん、いいところの娘、お旗本の娘じゃないかと思ったそうだな？」

と、根岸は訊いた。

「ええ。それらしいことは話の端々に匂わせていたそうです」

「それで、浜町堀《はまちょうぼり》のあたりで甘やかされて育ったらしいのだろう」

「そうです」

「名はわかるのか？」

「まさゑという名で三味線を教えていたそうで、それが三味線の師匠としての名でもあり、ほんとの名でもあると」

「ふうむ。それだけでどこの娘かわかるかどうかだな」

根岸は首をかしげ、

「ましてや、もう五年ほど前になるのだろう」

「それが、さっき小力が思い出したことがありまして、三味線のバチに入っていた家紋を見たんだそうです」

椀田は勢い込んで言った。それがあって、飯を済ませたあと、奉行所に出て来たのである。一日中歩き回ったので、できれば、あのまま寝てしまいたかった。

「ほう」

「変わった家紋で、魚の模様だったそうです。鯛を単純にしたような」

根岸はハタと膝を打ち、

「それはいいことを思い出してくれた」

「心当たりがあるので？」

「うむ。よく知っている家だ」

「そうですか」

根岸は食べかけだった具沢山のうどんを、いっきにすすり込み、

「急いだほうがよいな。明日まで待てぬ。椀田、いっしょに行けるか？」

「もちろんです」

「宮尾も呼んで来てくれ」

「わかりました」

椀田は勝手口から外に出て、裏手の長屋に向かった。ここは根岸が駿河台《するがだい》の屋敷から連れて来ている家来たちが住んでいるが、奉行所の同心である土久呂凶四郎も、夜回りに都合がいいというので、特別にここを使わせてもらっている。もちろん、土久呂はいまごろ、夜回りの最中である。

宮尾の家の戸の前に立った。

「おい、おれだ。椀田だ」

まだ寝ているはずがない。どうせくだらない戯作《げさく》でも読んでいるのだ。

案の定、すぐにがらりと戸が開き、

「おい。ひびきさんに何か言ってくれたのか？」

宮尾は嬉しそうに訊いた。暮れ六つごろ、別れ際に宮尾から、

「近ごろ、ひびきさんがわたしに冷たいのだが、なにかあったのかな。お前から、訊いてみてくれないか」

と言われていたのだ。それで、ひびきと話してきたと勘違いしたらしい。

「お前なあ、いまはそれどころかよ。お奉行が出かける。お供だ」

椀田はきわめて事務的に告げた。

三

椀田と宮尾を伴って、根岸が訪ねたのは、浜町堀沿いで久松町《ひさまつちょう》に近いあたりの、魚沼武門《うおぬまぶもん》という旗本の屋敷だった。すでに夜五つ（八時）を過ぎた刻限だが、

「夜分、相済まぬが、南町奉行の根岸が火急の用でお会いしたいと、武門どのに伝えてもらいたい」

と、門番に告げた。

すでに家督を息子に譲って隠居の身となっているが、魚沼武門は目付《めつけ》として長年、根岸とも評定所で顔を合わせていた。そのころ、根岸はまだ町奉行にはなっておらず、勘定奉行として出席していた。魚沼は、目付としては謹厳であり、辣腕《らつわん》として

も鳴らした。付け届けをしてきた旗本を、逆に毎日見張りつづけたという逸話もある。

すぐに門が開けられた。椀田と宮尾を玄関わきの部屋に待たせ、根岸は隠居部屋で魚沼武門と対峙《たいじ》した。

「どうした。なにか事件がらみか？」

魚沼が訊いた。

「そうなのさ」

「旗本がらみなら、いまは倅に訊いたほうが早いぞ」

「いや、あんたの家のことなのだ」

「家の？」

魚沼は眉をひそめた。

「このところ、世間を騒がしている首切り床屋の話は聞いているか？」

「もちろんだ。ここの女中や下男も大騒ぎしていた」

「桜馬場の女の首のことは？」

「それも聞いた」

「首の女の身元はまだだが、名前がわかった。まさゑというらしい」

「まさゑ……」

魚沼の顔が蒼白になって強張《こわば》った。

「胴を持ち去ったのは、身体のほうに特徴があったからではないかと、わしは睨んだ。もしかしたら、彫り物ではないかと」

根岸はそう言って、魚沼を見た。

ものごとを偽る男ではない。だから、なおさらつらいだろうと、根岸は推察した。

「あれは勘当した」

と、魚沼は言った。

「なぜ？」

「とんでもない莫連になってしまった」

「いつ、勘当を？」

「もう十五年ほど前になるか」

「その後の消息は？」

「耳に入れぬようにしていた。だが、あれはまともな死に方はしないだろうとは思っておった」

「詳しい話を伺いたい」

「身内の恥だ。勘弁してくれ」

「気持ちはわかる」

「娘はいるか？」

「いや」

倅が跡を継いでいるが、娘はできなかった。

「であれば、わからぬ」

「わしは、ぐれる気持ちがよくわかる」

根岸がそう言うと、魚沼は鼻で笑い、

「なあに、男は皆、それを自慢するのさ。わしも昔はけっこう悪だったと。あれは、そんな可愛いものではなかった」

「これを」

根岸は左腕をまくり上げた。

赤鬼の彫り物が現われ、怒りの形相で魚沼を睨んだ。

「なんと。噂は本当だったか」

「若いころの粋がりだがな」

「町奉行がな」

「ぐれたといっても武家の娘だ、町娘のようなことにはならぬだろう？」

と、根岸は訊いた。

「あれは十二のときまで町人地《ちょうにんち》で育った。末の娘だが、本妻の娘ではない。母親が亡くなったので、家に入れ、わしは分け隔てなく可愛がるよう、妻にも命じた。だが、ここに来たときには、すでにひねくれていたのかもしれぬ」

「なるほど」

「妻がいろいろ言ってきたが、わしはできるだけ聞かぬふりをしていた。嫁に行けば治まると思っていた」

「……」

根岸はうなずいた。じっさい、そうなることが多いのである。

「ところが、なにを血迷ったか、背中に彫り物を入れた。それでわしも激怒し、一瞬、成敗も考えた。だが、勘当を言い渡した。そのときあれは、かすかに微笑みすら洩らしたのだ。わしは、背筋が寒くなった。あれは、あのときすでに、どこか遠いところに行ってしまったのだ」

「……」

本当にそうだろうか。ぐれるということは、そんなにふつうの暮らしとかけ離れたことなのだろうか。根岸は廊下のあたりに目をやった。十四、五年前、まさゑはここをどんな気持ちで歩いていたのか。その気配を感じ取ろうとさえした。

「書類も整え、評定所に提出してある。わしの人生で、いちばんの恥だ」

「それはまあ」

たぶん恥だけではない。哀切でもあり、悔恨でもあるのだ。

「それからだいぶ経ったころだった。屋敷の前に男が待っていて、まさゑといっしょになったと挨拶に来たことがあった」

「いっしょになった……」

であれば、亭主がいるのか。なぜ、名乗り出ない？

「もういい歳の男だった。わしよりは若いが、それでも五つと違わなかったかもしれぬ」

魚沼は、根岸より五つほど歳上である。とすると、根岸と同じ歳ほどの男だろう。

「名を権九郎《ごんくろう》と言った。背が高く、なかなかいい男だった。商売で成功してはいるようだったが、堅気なのかやくざなのかわからない、枠に収まらない男の雰囲気があった」

「権九郎……商売で成功……？」

根岸の昔の仲間にそういう名の男がいた。まさか、あの権九郎なのか。背が高く、いい男というのも同じである。

「いつごろだ？」

「五年ほど前だったかな」

「それでなんと？」

「すでに勘当した娘だ。わしに断わる必要はないと。まあ、幸せになってくれたらありがたいがな、とは付け加えたかな」

「わかった。首の確認は嫌か？」

「それは勘弁してくれ。向こうもわしとは会いたくないだろう」

「では、これを見てもらいたい」

根岸は懐から歌川良助が描いた人相書を出して、

「生きているときと感じが変わっているとは思うがな」

しばらく見つめ、

「まさゑだと思う」

と、魚沼はうなずいた。目に涙がにじんでいるのがわかった。

外に出た根岸に、

「やはり、娘だったので？」

と、椀田が訊いた。

「たぶんな」

「首の確認は？」

「十五年前に勘当した娘で、いまさら見たくないと」

「そうですか」

「だが、人相書は見せた。まさゑだと思うとのことだった」

「では、小力には首実検をさせなくてもいいですね？」

椀田はやはりさせたくない。

「じつは、お腹にややがいるらしいので」

「そうか」

「できれば……」

だが、根岸は言った。

「いや、やはり確かめたい。すまぬが、小力には一度見てもらいたい。なにか小力を怖がらせない生首の見せ方を考えてくれ」

四

翌朝早く――。

根岸は鉄砲洲に、五郎蔵を訪ねた。

家のほうを訪ねると、

「おやじさんはもう、河岸《かし》に出てますよ」

「早いのう」

よく働くと感心しながら、河岸に行くと、五郎蔵が帳簿片手に荷船の船頭と話しているのが見えた。まだ陽は、海の向こうに昇ったばかりで、五郎蔵の顔から身体から、朱色の朝焼けに彩られていた。

「よう、根岸」

五郎蔵は笑って手を上げた。手に負えない与太者も、五十年も経つと、ちゃんとこんないい笑顔を見せるようになるのだ。いったんぐれたって、もどって来る道はいくらだってある。

「早くから大変だな」

と、根岸は言った。

「なあに、一通り済んだら、もどって一眠りするのさ。そうしないと、身体が持たねえ。おれは根岸みたいに丈夫な身体じゃねえんだ」

「なにを言ってやがる」

五郎蔵は昔と変わらず逞しい。

「ところで、あんた、権九郎のことを覚えているか?」

と、根岸は訊いた。

「霊岸島の権九郎か?」

「ああ」

「もちろんだ。頭のいい男だったよな」

「ああ、そうだったな。わしは根岸の家に入ったあとは、まったく顔を合わさないようになっちまった。風のたよりに名前は耳にしていたが、商売である程度は成功したのか？」

「やつの生家がなんだったかは知ってるか？」

「霊岸島あたりの大店《おおだな》じゃなかったのか？」

五郎蔵は左手を見ながら言った。霊岸島はすぐ向こうに見えている。

「そうだ。海産物の、けっこう大きな問屋だった。だが、理由はわからないが潰れちまって、あいつもそのころからぐれていったんだ」

「ああ、そうだったな」

「だが、しばらく船頭をやっていたが、そのうち艀《はしけ》を持って、四十くらいになると樽廻船《たるかいせん》を二艘持ってたな」

「ほう」

「おれのところとも付き合いはあったんだ」

「だろうな」

五郎蔵は外海を走る樽廻船も持っているが、もっぱら江戸湾に入った船の荷物を、艀で揚げ降ろしするのと、江戸市中の荷物の運搬という仕事を扱っている。いまや、江戸の舟運《しゅううん》を牛耳る大立者《おおだてもの》である。

「なかなか大胆な商売をしていたが、荷物を満載した船が一艘沈んで、ずいぶん痛手を蒙《こうむ》ったみたいだった。それから、賭場に顔を出しているという話を聞いたりしたんだが、大坂のほうに拠点を移してな。ぽつりと音沙汰が無くなった」

「女の噂は聞いてないか？」

「途中、嫁をもらったとかいう話は聞いた。だが、病で早くに亡くなったんじゃないかな」

「そうか」

「だが、女がいないということはないだろうな。あいつは、わしらと違って、見た目もすっきりしていたしな」

「だよな。じつはな……」

と、根岸は〈まさゑ〉についてのあらましを語った。

「瓦版が騒いでいるあの首の女なのか？」

五郎蔵もさすがに驚いた。

「そうらしいのさ」

「それで、父親のお旗本に挨拶を？」

「ああ」

「権九郎は律儀なところがあったからな。しかも、女には初心《うぶ》だった。そこらは根岸とも似ていたんじゃないか」

「そうかな」

確かに惚れると一途、浮気性ではない。

「ああいうのが、歳がいってから女に溺れるとまずいんだよな。老いらくの恋ってやつだ」

五郎蔵はそう言って根岸を見ると、ニヤリとした。

「そうかもな」

根岸は他人のことを言えない。

「それで権九郎はなにをやらかした？ 首切りの下手人なのか？」

五郎蔵は訊いた。

「そうではないと思う。人は変わることもあるが、あれは権九郎のやり口ではないだろうな」

「おれもそう思うぜ」

「わしは、仲間割れと見ている。権九郎は人を使うのもうまかった。親分気質のところもあったしな」

「ああ」

「それで悪事の一味をつくった。やったのは、大がかりな詐欺か、押し込みか。ケチな悪事の仲間割れでは、あそこまではやるまい」

「なるほどな」

五郎蔵は憂鬱そうにうなずいた。

五

同じころ——。

椀田は小力と話していた。昨夜は遅く帰ったので、起こしたうえにこういう話はしたくなかったのだ。

「こんなときなのだが、まさゑの首を確かめてもらいてえんだ。身元や育った屋敷もわかったんだが、勘当されていて、おやじもそんな娘の首はいまさら確かめたくはないらしいのさ」

椀田は生首とは言わず、首と言った。生首は、語感が生々しい。

「そういうものよね」

「いいのか」

「いいわ。どこ?」

小力は立ち上がりかけた。そっとお腹に手をやったのは、やはりややを気づかっているのだ。

「まだ、いい。これから用意するから、昼ごろになると思う」

「わかった」

小力は座り直した。

「首は見たことがあるか？」

「子どものころ、日本橋でチラッと」

日本橋のたもとには、獄門《ごくもん》首がさらされる。そのため、江戸っ子にとって、さほどめずらしいものではないが、目をそむける者も多い。女はやはり、ほとんどが見ないようにして通り過ぎる。

「じゃあ、用意ができたら呼びに来るよ」

椀田はそう言って、奉行所に向かった。

同心部屋のわきの小部屋に、宮尾といっしょに、しめと雨傘屋もいたので相談することにした。

「まあ、小力さんが首の検分をするんですか」

しめが顔をしかめた。

「それで、小力に衝撃を与えない、なんというか素敵な生首の見せ方ってのはねえもんかな？」

椀田は、ほとほと困ったという顔で言った。

「だったら、花で飾りましょうよ」

と、雨傘屋が言った。

「花で飾る？」

「ええ。お花畑にぽつんと生首が落ちていたみたいにするんです。きれいなもので囲めば、不気味な首も、ちったあきれいに見えるのでは？」

「なんの花で？」

「菊とか」

「菊なんかまだ咲いてねえぞ」

「確かに」

「時季が悪いね」

と、しめが言った。もうちょっと秋が進めば、菊だの萩だのが咲き出すが、いまは町なかでもほとんど花は見かけない。

「笑わせようよ、椀田」

と、宮尾が言った。

「笑わせる？」

「そう。小力ちゃんを思いっ切り。笑いが不気味さを振り払ってくれる。笑いというのは薬なんだ」

「なるほど。でも、どうやって？」

「お雛《ひな》さまの首みたいにしたらどうだい？　型枠みたいなやつにお雛さまみたいな着物を着せて、その上に生首をのっけるのさ」

「なるほど」

「でも、それだけじゃ、笑えない。隣にあんたが、お内裏《だいり》さまみたいな恰好をして座ってるわけさ」

「おれがお内裏さまかよ？」

椀田がそう言うと、

「それは笑えますよ、椀田さま」

しめが手を叩いて笑った。

「でも、そんな着物があるか？」

「芝居の着物をつくってるところが、木挽町《こびきちょう》にありますから、すぐに借りてきますよ。ついでにあたしは官女の恰好をしますか？」

「そりゃあいいな」

しめは雨傘屋を連れて、飛び出して行った。

衣装は揃った。完璧にそっくりにはならないが、中途半端な似せっぷりは、いっそう笑いになりそうだった。

首が湯島から届いた。

「これを載せよう」

と、椀田は首を持った。小さな首なのに、思ったより重い。切り口には腐敗を防ぐのにたっぷり塩をまぶしている。あの晩から、涼しい日がつづいていて、腐敗もさほど進んではいないようだ。それでも、やはり生気はまったくない。

「死に顔で判別がつくかね。おれたちならともかく、小力は素人だぜ」

「それはなんとも言えないなあ」

と、宮尾は言った。

「生きてたときに近い顔にするにはどうしたらいい？」

「紅でも塗るか？　多少、血が通ったふうになるんじゃないか？」

「それはいいな」

「でも、塗り過ぎは駄目ですよ。かえって不気味になりますから」

と、しめが言った。

「それは加減が難しいな」

「椀田さま。あっしがやりますよ」

と、雨傘屋が買って出た。

それからしばらくして、奉行所の中間の案内で、小力が奉行所裏手の根岸の私邸の方にやって来た。庭に面した部屋である。

小力は部屋に入った途端、

「やあだぁ」

と、噴き出した。

なんと、宮尾としめと雨傘屋が、三人官女になって座っているではないか。宮尾はよほど興が乗ったらしく、べったり白粉を塗り、口紅までつけていた。

そこへ、

「お内裏さまの御成り」

と声がして、襖《ふすま》のわきから、椀田が現われた。巨漢のお内裏さまが、もっともらしい顔つきで登場したものだから、小力の喜ぶこと。

「面白い、豪蔵さん！」

手を叩いて破顔した。

その椀田が、

「お雛さまをごろうじろ」

と言ったとき、閉まっていた襖がするすると開き、そこにはお雛さまがいた。うっすらと化粧がほどこされ、まるで生きているように見えた。

小力は笑顔を残したまま、お雛さまの顔を見て、

「違う」

と、首を横に振った。

「なにが？」

椀田が訊いた。

「それは、まさゑさんじゃない」

「おい、よく見てくれよ」

「似てる。けど、違うよ」

小力は断言した。

「なんてこった」

思いも寄らないことだった。

六

「権九郎一味の全体像を知りたい」

と、根岸が自ら動き出した。

まずは、椀田と宮尾を供に、神田雉子町《きじちょう》の大坂西町奉行佐久間信近《さくまのぶちか》の屋敷を訪ねた。当主の佐久間は大坂に赴任中だが、内与力《うちよりき》の真鍋辰之助《まなべたつのすけ》という顔見知りが、江戸にもどっていることを知っていたからである。

「これは根岸さま」

「ちと、訊きたいことがあってな」

「では、奥のほうへ」

「いや、そこでよい。上がらせもらう」

玄関わきの小部屋に上がって、早々に話に入った。

「じつは、いま、世間を騒がせている首切り床屋と狸の首くくりの件なのだが、ぼんやりと下手人の姿が浮かんできた。それで、頭領がおそらく権九郎という江戸者で、床屋と医者と揉み治療師、それに女が入った一味が、大坂で大がかりな詐欺か、あるいは押し込みをしでかしていないか、それを訊きたいのさ」

大坂を疑ったのは、五郎蔵の話と、近江上布の帯の件からである。

「ありました」

真鍋は驚いた顔でうなずいた。

「あったか」

「今年の春ですが、船場道修町《せんばどしょうまち》の〈大和屋《やまとや》〉という薬種問屋に押し込みが入りまして、三千両が盗まれました。これはいまだに下手人が捕まっていないのですが、どうも蔵の錠前の合鍵が使われたみたいなのです。それで、番頭が言うには、近くの床屋に行ったとき、居眠りをして、そのとき持っていた鍵の型をとられたかもしれないと。その床屋に行ってみると、押し込みの翌日から姿を消してしまっていました」

「なるほど」

「それで、大和屋のあるじがほとんど毎晩、宗助という揉み治療師を呼んで、身体を揉ませていたのですが、それも押し込みのあと、いなくなっていたといいます」

「ほう」

「医者と、女がからんでいたという証言は出ていなかったのですが、ただ……」

「ただ？」

「すでに五年ほど前になりますが、北浜《きたはま》というところの海産物問屋の〈津軽屋《つがるや》〉に押し込みが入っていまして、ここは千両箱一つを持って行かれました。それで、それまで勤めていた女中が翌日から姿を消してまして、その女中が夜中に表戸の閂《かんぬき》を外して、賊を引き込んだのではないかと。ここは合鍵でなく、旦那を起こして蔵の鍵を開けさせたのですが、賊はやけに、店の造りをよく知ってまして、それであとで調べると、出入りしていた良弦という医者と、宗助という揉み治療師、金蔵という植木屋の三人が姿を消したこともわかりました」

「揉み治療師がいたか」

と、根岸が言った。

「そうなのです。二つの店に共通していたのは揉み治療師だけですが、一年近くかけて下準備をほどこし、盗んだあとの逃げっぷりなどもそっくりだというので、奉行所内でずいぶん取り沙汰されたのです」

「言葉使いについては訊き込んでなかったか？」

「あ、それです。皆、上方の言葉使いではなかったと」

「そうか」

「江戸では、その連中は動いていないのですか？」

真鍋は不思議そうに訊いた。

「そうなのさ」

根岸はうなずいた。まさか自分に気を遣ってくれているのかと、ちらりと思った。

「月末に大坂にもどりますので、根岸さまから聞いたことは、伝えておきます。それと、似たような押し込みが京都でもあったとは聞いています」

「京都でも？　それはよいことを聞いた。さっそく訪ねてみよう」

京都西町奉行の曲淵景露《まがりぶちかげつゆ》も根岸の知り合いで、連絡を取ると、家中の者が南町奉行所に駆けつけてくれた。

「江戸と京都を往復している渡辺金吾《わたなべきんご》と申しますが、なにか？」

若いが、いかにも頭の切れそうな男である。

「じつはな……」

と、根岸が権九郎一味のことを伝えると、

「それは京都でもありました。名は失念しましたが、四条通りの酒屋で、千両箱を盗まれています。犯行の手口はよく似ていて、当夜は江戸言葉を使う三味線の師匠が泊まり込んでいたのですが、その女が夜間に内側から閂を外し、賊を引き入れたのだろうということです。やはり、盲目の揉み治療師が出入りしていました」

「いつのことだ？」

「昨年の夏です。ただ、準備はそれ以前からしていたのだろうと」

「だろうな」

「犯行もあっという間だったようです」

「傷つけられた者はいないな？」

「いました」

「いたのか？」

「目覚めて抵抗しようとした手代が、喉を突かれて死んでいます」

「そうか」

「ただ、朝になって、蔵の錠前が外れているのに気がついたくらいですから、じつに手際のいい犯行でした」

「よく教えてくれた」

「根岸さま。じつは、これはわたしの個人としての付き合いから耳にした話ですが、名古屋と仙台でも、似たような押し込みがあったと聞いています。確かめることは難しいのですが」

「ほう。わかった。わしのほうで動いてみよう。もちろん、わかったことは曲淵どのにもお伝えする」

と、根岸は約束した。


だが、名古屋の件は苦労した。

逃げられた盗人の話などはよほど恥と考えているらしく、上屋敷の用人は根岸が直接訪ねたにもかかわらず、

「生憎《あいにく》、国許《くにもと》の町奉行所の者は江戸にはおらぬ」

「ですが、行き来しているお方くらいは」

「ちょうど皆、国許に行っておるところだ」

と、取りつく島もない。いまの勘定奉行や大目付にも訊いてみたが、

「尾州《びしゅう》は無理だな」

というので、名古屋の件は諦めることにした。

つづいて、芝口《しばぐち》の仙台藩上屋敷を訪ねた。

応対した用人に、丁重に事情を説明して、国許の治安方面に詳しい者がいるかを訊くと、

「江戸詰めの者は、ほとんどは国許の事情に詳しくないのですが、たまたま国許から来ている者がいますので」

その男と会わせてもらった。松田弥左衛門《まつだやざえもん》という、いかにも律儀そうな四十ほどの藩士だった。

「三年前、城下の豪商が押し込みに襲われています。盗まれたのはおよそ千両。鮮やかな手口で、下手人はいまも見つかっていません。それが該当するかと」

「なるほど」

「閂が外され、賊を引き込んだのは、いなくなった女中だろうとは推察していましたが、蔵の錠前が開けられていたのは謎となっていました。植木屋に揉み治療師な

ど、押し込みのあと、いなくなった者がいることは把握していたのですが、床屋とは思ってもみませんでした」

「そうだろうな」

「根岸さまから伺ったことは、さっそく国許に報せてやります」

「ぜひ」

根岸は礼を言い、屋敷を後にした。

七

ここまで摑《つか》むのに、三日ほど費やしてしまった。

桜馬場の生首は、腐敗が進んできたので、本日、茶毘に付すことになった。

小力が首を検分して、「まさゑと違う」と言ったことは、もちろん根岸に伝えてあったが、根岸は小さくうなずいただけだった。

この日の朝、根岸は朝飯を取りながら、

「一味の全容がほぼわかってきたようだな」

と言った。

椀田に加え、しめと雨傘屋も早めに奉行所に出て来ていて、土久呂凶四郎は夜回りからもどったところだった。

「頭領は犯行現場に姿を現わした形跡はないが、わしはやはり権九郎が押し込み先を選定し、子分たちを操っているのだと思う」

「……」

一同はうなずいた。権九郎が、根岸の若いころの知り合いだということは、皆、承知している。

「権九郎の女がまさゑで、女中として入り込んだか、三味線の師匠として出入りしていたか。ただ、腑に落ちないことがある」

「どのような?」

椀田が訊くと、根岸は凶四郎を見た。

「まさゑが父の屋敷に入る前について訊いて回ったのさ。まさゑは浜町堀に近い松島町の妾の家で、十二の歳まで育った。まあ、子どものころからいっぱしの悪でな。芝居《しばい》町《まち》辺りをほっつき歩いていたらしい。しかも、あの歳ごろの娘なら、皆、やらされる炊事、洗濯、裁縫、掃除などは、いっさいやったことがなかったというのさ。熱心だったのは、三味線の稽古ぐらいだったそうだ」

と、凶四郎は言った。

根岸がその言葉を受けて、

「そんなまさゑが、一年近くも女中として商家に入り込めるかな。いくら、美貌と色香で男を惑わすことができるにしてもだぞ」

「確かに」

皆、不思議そうにうなずいた。

「ほかに、医者の良弦、揉み治療師の宗助、床屋の藤吉、そしてその倅の金蔵は植木屋にもなりすましていたようだな」

「六人ですね」

と、椀田が言うと、

「奪われた金は、尾張の犯行の詳細はわかっていませんが、それだけでも六千両ですから、山分けにしても大変な額ですね」

宮尾が言った。

「でも、その取り分で揉めたかもしれないんですね？」

しめが訊いた。

「だろうな」

根岸はうなずいた。

「権九郎がどれくらい独り占めしたのか。荒っぽい藤吉と金蔵の親子がそれに気づいていきり立ったということですか？」

凶四郎が訊くと、

「そこらは権九郎に訊いてみないとわからんがな」

「訊くんですか？」

「訊いてみたいわな」

根岸はうなずいた。

それでひどく嫌な思いをするかもしれない。あのころ、自分と同じ場所にいた者が、四十年の歳月を経て、なにが変わり、なにが変わっていないのかを実感することになるのだろう。

「権九郎はいま、江戸にいるのですか？」

宮尾が訊いた。

「おそらくな」

「御前はその場所も見当がついているので？」

「はっきりとはわからぬが、やつは生まれたところに帰って来る気がする。もちろん、われらが権九郎の過去を探っていることは知らぬだろうから、ことがうまく片付けば、表だって素知らぬ顔で舞い戻るつもりだろうがな」

根岸の胸に切ないものが走った。

「権九郎が生まれ育ったのは、霊岸島でしたね？」

凶四郎が訊いた。

「霊岸島……」

しめがつぶやいた。この前、ろくろっ首の騒ぎがあったのも霊岸島だった。

「うむ。わしはな、権九郎は堅気の仕事に未練があると思うのさ」

「そうなので」

「わしはやつの性分を知っている。たぶん、女のために、盗人《ぬすっと》稼業から足を洗い、今度こそまともな豪商をめざすのではないかな」

「女のため？」

宮尾が素っ頓狂な声で訊いた。

「まだ、どんでん返しがあるのさ」

と、根岸は言って、ニヤリと笑った。

「どんでん返しですか？」

「もしかして、まさゑが生きている……？」

凶四郎がつぶやいた。

すると椀田が、

「お奉行。おいらはやはり、あれは小力の見間違いだと思っているのですが。五年前に会ったきりですし、なんといっても死顔《しにがお》ですし」

「いや、小力の見立ては正しい。まさゑは生きている」

根岸はきっぱりと言った。

「なんと……」

皆、顔を見合わせ、啞然とした。

八

霊岸島の真ん中を流れる新川は、人の手によって掘られた運河である。

その川沿いには蔵が並び、特に酒問屋が多いことで知られる。このあたりに来ると、木場に木の香りが漂うように、酒の香りが流れてくる。下戸《げこ》は、歩くだけでも酔ったようになるらしい。

その並びに、権九郎が生まれた家がある。ろくろっ首の騒ぎがあった品川屋とは半町（約五五メートル）ほど離れている。

間口十二、三間（約二一・八〜二三・六メートル）ほどで、新川沿いだけでなく、店の裏手にも蔵のある大店だった。

海産物問屋〈浜田屋《はまだや》〉というのが、生家だった。

だが、十二のときに主要な取引先だった津軽藩の汚職と派閥争いに巻き込まれ、いっきに取引先から外されて、倒産した。

親は、新川の裏通りで小さな海産物屋を始めたが、それも流行らず、一切合切《いっさいがっさい》失って、裏店でかつかつの暮らしになった。

長男だった権九郎がぐれたのもそのころだった。

だが、元は賢いやつだったから、一度は立ち直り、廻船問屋として成功もしかけていたが、海難事故で船を一艘失い、米相場に手を出して、それもうまく行かず、残った船一艘も手放すことになった。五郎蔵から聞いた話は、あのあと裏を取り、事実だったことも確かめてある。

根岸はその店の前に立っていた。

表戸は閉じられている。商売をしている気配はない。

「御前、懐かしいですか？」

いっしょに来ている宮尾が訊いた。

「いや。わしはここらにはあまり来たことはなかったよ」

「ずっと潰れたままなのでしょうか？」

「そうではあるまい。ちと、番屋で訊いてみよう」

根岸は、二の橋近くの白銀町《しろがねちょう》の番屋を訪ねた。

「根岸さま……」

町役人は、根岸の顔を見知っていたらしい。

「ちと、訊ねるが、この四、五軒向こうの大店が空き家になっているようだが？」

「ああ。あそこに入った店は、なぜか潰れちまうんですよ。なんかの祟りでもあるのでしょうか」

「そんなことはあるまい。では、いまは誰も住んでいないのか?」

「いえ、買った人がいるんです」

「いつ?」

「ひと月ほど前になりますか」

「ふうむ」

それはおそらく、権九郎に違いない。

「あそこがどうかしたんでしょうか?」

町役人は不安そうに訊いた。

「どうした?」

「つい、昨日も、あの店のことで訊いてきた者がいました。なんとなく人相の良くない男でしたので」

「なに」

根岸は懐から、藤吉と金蔵の人相書を取り出し、

「この者はいなかったか?」

「ああ。この男でしたよ」

町役人は、金蔵のほうを指差した。

「お奉行」

椀田の顔が緊張した。

「では、あそこにはもう誰か入っているのか？」

「まだ入っていないと思ったのですが、このところ、夜、二階に明かりが灯ったりしているので、誰か出入りしてるのかもしれませんね」

番屋から外に出て、あたりのようすを見回しながら、

「もはや猶予はないぞ」

と、根岸は言った。

「と、おっしゃいますと？」

宮尾も同じように四方に目を配りながら訊き返した。

「たぶん、権九郎はすでにあの店のなかに入っている。それで、反撃の機会を窺っているのだろう」

「まさゑとともにですか？」

「いや、まさゑはいない。用心棒でも雇っているのかな」

根岸は、かつての浜田屋の二階を凝視した。

夜になって——。

椀田、宮尾、土久呂、源次、それにしめに雨傘屋が勢ぞろいした。

「抜かりはないか？」

根岸が椀田に訊いた。

「ええ。あちこちに町人に化けた連中を散らしています。声をかければ、いっせいに提灯に火を入れ、ここを取り囲みます」

「うむ。それでよい」

「それにしても、藤吉と金蔵は、よく権九郎がここにいるのを知りましたね？」

と、宮尾が訊いた。

「そうだな」

「権九郎は過去を語ったんですかね」

「変か？」

「いや、まあ、盗人だって昔話くらいはするでしょうね」

「それに、それだけではないのだろうな」

「どういう意味ですか？」

「まあ、いい。とりあえず、権九郎に会って来よう」

根岸は裏に回った。

「おい、権九郎。おれだ、銕蔵だ」

しばらく間があって、戸が開いた。

「なんてこった……」

権九郎が立っていた。上背があり、いくらか髪が薄くなっているが、若いときはかなりの男前だったはずである。

「あんたには会いたくなかったんだがな」

と、権九郎は苦々《にがにが》しげに言った。

「ま、そう言うな」

根岸はなかに入った。

後ろから、椀田や宮尾も入ろうとしたが、

「よい。まずは二人だけで話をさせてくれ」

と、根岸は戸を閉めた。

二階には行かず、入ったところに腰を下ろした。権九郎は小さな手燭《てしょく》を持っている。その炎を見ながら、

「あんたが来たということは、おれはもうお終《しま》いということか」

「それはわからぬさ」

「馬鹿言え。おれがこれまでいくら盗んできたか。あんたのことだ、そのいくつかは調べたんだろう?」

「京都と大坂と仙台と。名古屋は調べられなかった」

「やっぱりな」

「それでも、わしの裁きを受けろ」

と、根岸は言った。京都で手代を一人殺しているが、殺したのはおそらく藤吉や金蔵など荒ごとを引き受けたやつらだろう。首切り床屋のしわざも、あの二人である。さらに、権九郎が盗んだ金をどれだけもどせるかでも、吟味の仕方が違ってくる。いろいろうまくいけば、命ぐらいは助けられるかもしれないのだ。

「そうせざるを得まいな」

権九郎は観念した。

「用心棒は雇っていないのか?」

根岸は二階を窺うようにして訊いた。

「人手を増やせば、その分、洩れることも多くなるのは身に染みているのでな」

「なるほど」

「あいつらくらいは、おれ一人でなんとかできるさ。そこに武器も揃えたしな」

壁には、手槍に長ドス、さらに鎖帷子《くさりかたびら》まで用意してあった。

「豪勢なこった」

「まあ、あいつらがここを突き止めるまでは、だいぶかかるだろうがな」

「それがそうでもない。やつらはもう、今夜あたり、ここを襲うはずだ」

「え？　お前、どこまで摑んでるんだ？」

「お前より事情を知っているかもしれんぞ」

「そんな馬鹿な」

「あんたは、床屋の藤吉と金蔵の親子が襲って来ると思っている」

「ああ。あいつらは、取り分に不満を持ったんだ。それで、おれから金を奪おうとしてるのさ」

「わしもそう思った。だが、違う」

「違う？」

「あんた、まさゑが殺されたと思っているのか？」

「なにを言うんだ？」

「桜馬場で見つかった首がまさゑのものと思っているのだろう？」

「違うのか？」

「あんたらの仲間に、女がもう一人いたよな？」

「いた。女中になって店に入る役だ。だが、途中で足を洗い、いまは川崎あたりで店を持っているはずだ」

「その女はまさゑに似ていないか？」

「似ている。まさゑの種違いの姉だから」

「なるほど、そうか。首はそっちのものだ」

「なんてこった」

権九郎は頭を掻きむしった。

「襲って来るのは他にもいるぞ」

「他に？」

「押し込みをしたのは他にもいるだろうよ」

「医者の良弦と揉み治療師の宗助だが、あいつらは殺されちまった」

「それはどうかな」

「え？」

「首がまだみつかっておらぬ」

「首なんか出なくてもわかるさ」

「わしらはそういう考え方はしないのさ」

根岸がそう言うと、権九郎は混乱したような顔で根岸を見返した。

九

根岸は、外に控えていた椀田、宮尾、土久呂、源次の四人をなかに入れた。

「油断するなよ。武術は学んでおらずとも、喧嘩慣れした連中だ」

根岸は言った。

一階の店の土間で襲撃を待つことにした。

入って来そうなところに、四人を配置し、根岸は権九郎とともに奥に潜んだ。四か所に百匁《ひやくめ》ろうそくを点《とも》し、敵の動きがよく見えるようにした。

ガタン。

と、音がした。

「ん？　二階ですね」

宮尾が言った。

すると、表戸のほうでも隙間から刃物が差し込まれた。

「開けてやろうぜ」

椀田がそう言って、閂を外した。

かんたんに戸が開いたものだから、ためらっているような気配がある。

そのうち二階で、

「権九郎。どこに隠れやがった？」

という声がした。

その声に呼応するように、潜り戸から三人の男が入って来た。人相書で見覚えのある藤吉と、坊主頭と、杖をついた男である。

「なんてこった」

権九郎が呆れたような声を出した。

「良弦と宗助か？」

「ああ。それと藤吉も」

三人は声のしたほうを見て、

「金蔵、権九郎はここだ！」

藤吉が叫んだ。

「だが、それまでだ」

椀田と土久呂が前に出た。土久呂の横には源次がつぶてを持って控えている。

「用心棒を雇ったか！」

そう言いながら藤吉が長ドスを振り回してきた。まさか、すでに町方が入っているとは思っていなかったのだろう。

椀田は剣は抜かず、十手を出して長ドスを受けた。

カキン。

と、鋭い音がして、火花が飛び、そのままねじるようにすると、長ドスは折れた。

「あっ」

藤吉は驚いて声を上げたが、椀田はすかさず、十手で藤吉の首筋を叩いた。

「ぎゃっ」

呻《うめ》きながら崩れ落ちる。

ほぼ同時に、源次のつぶてが、良弦の顔面を打った。

「ああ、目が」

目が眩んだところを、源次が腹に蹴りを入れ、屈《かが》んだところを腕をねじり上げた。

意外だったのは、盲目の宗助である。杖は仕込み刀になっていて、これを抜き放つと、滅法やたらに振り回した。こっちの攻撃を恐れていない。ただひたすら、声がしたほうに斬りつけてくる。

土久呂は少し下がり、動きを見極めて、踏み込んで棒で足をすくった。

「うわっ」

宗助はたまらず、尻もちをつく。そこへ、土久呂がその棒で鳩尾《みぞおち》を突いた。

「げぼっ」

宗助はなにか吐きながら、ぐったりした。

一階の奥では、二階から降りて来た金蔵を、宮尾が待ち伏せて、階段を降り切ったところを見計らい、木刀で脇腹を突いた。

「うぐっ」

次にドスを持った右手を強く叩いた。骨の折れたような音がした。

こうした動きを見届けて、

「よし。縛り上げろ」

と、根岸が言った。

呻いている連中を、椀田と源次が縛り上げるのを見ながら、

「じゃあ、床屋の首無し死体は誰だったんだ？」

権九郎が根岸に訊いた。

「あんなもの、首を隠すのだから、哀れな浮浪者でもなんでも連れて来れるだろうよ。汚れたままだと浮浪者とわかるから、湯に入れ、着物も自分たちのやつを着せ替えたのさ。だが、瓦版の騒ぎで、あんたはまさゑから、あれは藤吉と金蔵が、良弦と宗助を殺したんだと思い込まされたんだろう」

「思い込まされた？」

「二人同時にやったのも、いかにも噂が回ってどっちかに逃亡されるのを恐れたみたいだしな」

「芝居か」

権九郎は信じられないというように首を振った。

「なかなか念の入った芝居だよな。身代わりにするのに、三人も殺しやがった。首や胴体はおそらく深川あたりの寺の、無縁仏の墓にでも押し込んであるのだろう。そのうち出てくるはずさ。そこまでのことをやって脅したうえで、まさゑはあんたに金の隠し場所を言わせようとしたんじゃないのか？」

「ああ、そうだった。驚かせようと思って、ここのことは内緒にしていたからな」

「なるほど」

「あ」

権九郎がなにか思い当たったらしい。

「どうした？」

「おれはここに来る前、いったん築地の隠れ場所に潜んだのだ。すると、そこを藤吉と金蔵が襲って来た。なんであそこがわかったのか、不思議だったんだが」

「それはまさゑが教えたんだろうよ」

根岸は苦笑して言った。

「桜馬場の首に狸の死骸をくっつけたのは、あんたに挑戦したのか？　そんな大胆なことまでまさゑは考えたのか」

権九郎は苦しげに聞いた。

「あれは、そうではあるまい。逆に、あんたからわしの話を聞いていたのだろうから、やはり、調べの目をごまかそうとしたのだろう」

「そういうことか。ということは……」

「すべて、まさゑが書いた筋書きだったのだろうな」

「なぜ、そんな……？」

権九郎は愕然とし、立っているのもやっと、というようだった。

そこへ、

「お奉行さま」

しめが外から声をかけて来た。

「いたか？」

「はい。あの柳と蔵の陰で、こっちを窺っている女がいます」

「わかった。逃がさぬように、取り囲んでくれ」

「はい」

界隈《かいわい》には、ほかにも町方を潜ませてある。

「権九郎。あんたの思慕《しぼ》の念に、ケリをつけられるかもしれぬぞ」

根岸は権九郎の背中を押した。

刻限は夜四つ（十時）を過ぎたころだろうか。この数日で急に秋が進んだらしく、虫のすだく声がうるさいくらいである。大川からの風が、胸元や足首あたりに当たって、冷え冷えとしてくる。

女は橋のたもとで誰かを待つように立っていた。

そこへ、根岸と権九郎としめが近づいて行くと、

「終わったかい？」

そう声をかけてきたが、さらに近づくにつれ、

「え？」

もどって来たのが藤吉や金蔵でないことに気がついたらしい。

「おれだよ、まさゑ」

権九郎が声をかけた。

「あんた……」

「まさか、おめえが裏切っていたとは思いもしなかったぜ」

それには答えず、

「なんだ、あんた、町方に泣きついたのかい？」

吐き捨てるように言った。あちこちから、御用提灯が近づいて来ているのだ。

「そうじゃねえ。おれたちの押し込みも、おめえがしたことも全部、この根岸肥前守さまにばれちまったのさ」

「へっ。あんたの自慢の昔の仲間にかい。自分でしゃべったんじゃないのかい。やっぱりあんたは、半端《はんぱ》な小悪党だよ」

「そうかもしれねえ」

「だから、あたしは嫌になったんだ。なにが大店の女将だよ。笑わせんじゃねえ。あたしがそんなものになりたいわけがないだろうよ。舐めるんじゃないよ!」

まさゑは啖呵《たんか》を切った。

「たいした威勢だな」

根岸が言った。

「当たり前だよ。あたしは昔から、町方と説教たれる訳知り顔が大っ嫌いなんだ」

まさゑはそう言って、周囲を見回した。

それからキッという顔で根岸を睨んだ。筋金入りの悪女の顔だった。

「いい顔だ。悪の匂いをぷんぷんさせている。悪ってのは、どうしてかひどく魅力のあるものに見えるときがあるんだよな。おそらく、人間にはそういう趣味《しゅみ》嗜好《しこう》ってのが、もともとあるんだろうな。だが、悪はしょせん、破滅に向かう道なんだ。それをよおく知っていねえと、ひどい目に遭うんだよな」

根岸がそう言うと、

「まったくだ。だが、おれには逆らうことはできなかった。馬鹿だったんだな」

権九郎がため息をつくように言った。

「なあに、ごたごた抜かしているんだい。あたしはね、この背中の女郎蜘蛛に恥じない生き方がしたかったのさ」

まさゑはそう言って、後ろを向き、袂《たもと》のなかから腕を通して、着物の上半分を脱ぎ捨てるようにした。提灯の明かりに、背中の彫り物が浮かび上がった。皆、息を飲んだ。巨大な女郎蜘蛛が、まさゑの背中いっぱいに巣を張り巡らし、真ん中に鎮座していた。なまめかしくふくらんだ腹部は、黄色と青緑色の縞模様になっていて、下部にだけ血のような深紅の色が混じっている。細い八本の足は、ひそやかな悪意のように伸び、小さな顔は明らかに毒と悪知恵を孕《はら》んでいた。名人彫り師の清吉を、「魔性の生きものを彫っちまった」と嘆《なげ》かせたのがこれだった。

「この女郎蜘蛛を背負《しょ》って、堅気の女将になれると思ったのかい」

そう言って、まさゑは甲高い笑い声を周囲に響かせた。そのとき根岸たち一同は、背中の女郎蜘蛛が蠢《うごめ》くのをまざまざと見たのだった。

この小説は当文庫のための書き下ろしです。

ＤＴＰ制作　エヴリ・シンク

文春文庫

耳袋秘帖《みみぶくろひちょう》　南町奉行《みなみまちぶぎょう》と首切《くびき》り床屋《とこや》

定価はカバーに
表示してあります

2023年5月10日　第1刷

著　者　風野真知雄《かぜのまちお》
発行者　大沼貴之
発行所　株式会社 文藝春秋

東京都千代田区紀尾井町 3-23　〒102-8008
TEL 03・3265・1211㈹
文藝春秋ホームページ　http://www.bunshun.co.jp

落丁、乱丁本は、お手数ですが小社製作部宛お送り下さい。送料小社負担でお取替致します。

印刷製本・凸版印刷

Printed in Japan
ISBN978-4-16-792038-8

（　）内は解説者。品切の節はご容赦下さい。

風野真知雄
耳袋秘帖 眠れない凶四郎（一）

妻が池の端の出合い茶屋で何者かに惨殺された。その現場に立ち会って以来南町奉行所の同心、土久呂凶四郎は不眠症に。見かねた奉行の根岸は彼を夜専門の定町回りに任命。江戸の闇を探る！

か-46-38

風野真知雄
耳袋秘帖 眠れない凶四郎（二）

妻を殺された土久呂凶四郎は、不眠症に悩まされながらも夜専門の同心として夜な夜な町を巡回する。静かな夜の江戸に蠢く怪しいものたち。奉行の根岸とともに事件を解決していく。

か-46-39

風野真知雄
耳袋秘帖 眠れない凶四郎（三）

妻・阿久里を殺害されたまま、いまだ手がかりすら摑めない凶四郎。不眠症もいまだ回復せず、今宵もまた、夜の江戸に巡回に出て妻殺害の真相に迫る！　犯人は果たして……。

か-46-40

風野真知雄
耳袋秘帖 眠れない凶四郎（四）

妻殺害の難事件はほろ苦い結末ながらなんとか解決した。が、名奉行根岸の温情により、不眠症がいまだ治らない凶四郎は江戸の闇を今夜も巡る。今度の江戸に巣食う魔物は一体何か？

か-46-41

風野真知雄
耳袋秘帖 眠れない凶四郎（五）

無事妻殺しの一件が解決した後も不眠症が続く凶四郎の身辺に幽霊が出没。幽霊をみて捕まった泥棒、治療するとなぜか幽霊が出る鍼師。果たしてこれらの事件は互いに関係があるのか？

か-46-42

風野真知雄
耳袋秘帖 南町奉行と大凶寺

深川にある題経寺は正月におみくじを引いたら大凶ばかり、檀家は落ち目になり、墓をつくれば死人が化けて出る。近所の商人から相談された根岸も、さほどの事とは思わなかったのだが。

か-46-43

風野真知雄
耳袋秘帖 南町奉行と深泥沼《みどろぬま》

大身の旗本山崎家の屋敷にある「がま池」に妙な生き物が棲んでいるとの相談が。やがて麻布界隈でおかしな事件が頻発。謎を解く鍵は備中の山崎家の所領にある深泥沼にあるらしいのだが。

か-46-44